JOURNAL D'UNE FEMME
QUI AIME BEAUCOUP LES HOMMES
d'Isabelle Bergeron
est le quatre-vingt-treizième ouvrage
publié chez
LANCTÔT ÉDITEUR.

JOURNAL D'UNE FEMME QUI AIME BEAUCOUP LES HOMMES

roman

Isabelle Bergeron

JOURNAL D'UNE FEMME QUI AIME BEAUCOUP LES HOMMES

roman

LANCTÔT
ÉDITEUR

LANCTÔT ÉDITEUR
1660 A, avenue Ducharme
Outremont (Québec)
H2V 1G7
Tél. : 270.6303
Téléc. : 273.9608
Adresse électronique : lanedit@total.net
Site internet : http : ww.total.net/~lanedit/

Illustration de la couverture :
Gérard Dubois

Maquette de la couverture :
Stéphane Gaulin

Mise en pages :
Folio infographie

Distribution :
Prologue
Tél. : (450) 434.0306 ou 1.800 .363.3864
Téléc. : (450) 434.2627 ou 1.800.361.8088

Distribution en Europe :
Librairie du Québec
30, rue Gay-Lussac
75005 Paris
France
Téléc. : 43.54.39.15

Nous remercions le ministère du Patrimoine canadien et le Conseil
des arts du Canada de l'aide accordée à notre programme de publi-
cation. Nous remercions également la SODEC, du ministère de la
Culture et des Communications du Québec, de son soutien.

« J'ai un cœur de sable, un cœur innombrable où la magie du nombre, où l'ensorcellement enchantent l'existence [...] et qui me permet d'éclater par toutes les fibres de mon corps, d'être le soleil et la pluie, la mémoire et l'oubli, le blanc et le noir, d'être moi. »

ANAÏS NIN

Il y avait une voie ferrée derrière la maison, assez loin pour qu'à une enfant de sept ans s'y rendre prenne des allures d'expédition. Tout un boisé jonché de ronces, une aire immense de solitude et de bruits étranges à vaincre avant de parvenir à la voie ferrée. Là, l'impression de pouvoir vraiment respirer, particulièrement lorsque tristesse, colère ou abattement m'accablait. Ma curiosité ne portait toujours vers cette ligne un peu floue qui dessinait l'horizon mais ma persévérance me faisait défaut au bout de dix ou quinze minutes.

Alors qu'une fois de plus découragée d'atteindre l'ultime frontière je me décidais à rentrer à la maison, mon attention fut attirée par de curieux bruissements et par les herbes qui valsaient visiblement à un endroit bien précis. Je m'arrêtai, m'attendant à voir surgir des bosquets un petit animal.

Non, c'était plutôt un gigantesque bonhomme, à la barbe hirsute, la salopette rabattue à mi-cuisses. Du fourré de son entrejambe pendait un sexe endormi et docile. Monsieur Blanchet, que mon père embauchait parfois pour de menus travaux de réparation, habitait seul la petite maison à côté de la nôtre. Mon énorme voisin me fixait avec un drôle de sourire. Et moi, je visais la bestiole qui, sous mes yeux, se transformait, gagnant de plus en plus en ampleur et en consistance, atteignant même des proportions menaçantes. Mon voisin tenta un pas dans ma direction, la salopette toujours rabaissée sur les jambes.

— Viens, Sophie, n'aie pas peur. Tu veux la voir de plus près? Tu veux la toucher? Tu verras, elle est très douce, très gentille. Allez, viens...

Le ton un peu geignard avec lequel l'homme avait murmuré ces paroles contrastait étrangement avec son allure de mastodonte. Du coup, il m'apparut tout à fait inoffensif. À peine avais-je effleuré la petite bête que celle-ci m'éternuait dans la main. Maintenant elle affichait un air piteux, gênée. Le liquide blanchâtre me coula entre les doigts, collant et visqueux, «comme de la morve», ai-je pensé. Je ne touchai que du bout des doigts et pas très longtemps: mon voisin avait raison, c'était très doux, très gentil. Mais lorsque je portai ma main à mon nez pour en respirer l'odeur, une nausée me souleva le cœur et je m'empressai de frotter vigoureusement mes doigts dans l'herbe afin de me débarrasser de la répugnante odeur.

Je tournai dos au colosse qui, tête rejetée en arrière et les yeux clos, souriait vaguement à je ne sais quelle pensée. Mais il s'empressa aussitôt de m'interpeller:

— C'est notre secret à nous, Sophie, OK?

J'ai eu peur et me suis enfuie en courant vers la maison, emportant avec moi mon premier secret.

☐

Le visage caressé par les rayons du soleil qui embaument le printemps, je me sens bien. Il n'y a que trois ou quatre personnes qui, comme moi, se prélassent dans le parc et quelques oiseaux fraîchement immigrés. On peut presque entendre le bruit de succion de la terre aspirant le dernière neige. La douceur de la brise allège, un moment, mon esprit.

Et c'est vers toi que court mon crayon, sur cette image d'il y a quinze ans, souvenir sans grand intérêt probablement mais qui marqua pour moi une importante prise de conscience : secrets et mystères ne provenaient pas uniquement du ciel mais aussi des hommes, peut-être, surtout, des hommes.

C'est vers toi que se déploie mon attention. Et je ne te connais même pas, pas encore. Mais déjà tu t'incarnes, je te vois dans le reflet de mes désirs. Ton visage dans un foulard de brume voile encore ton charme mais je connais d'avance la brillance de tes yeux. Tout ton être animé d'une énergie intense, d'un dynamisme appelant les défis. Tu déchiffres les terres pour les rendre fertiles avec une volonté inépuisable.

J'ignore ton nom mais cela n'a aucune importance car déjà je t'imagine. Je t'imagine en escalade sur ta montée, prodiguant tous les efforts pour réaliser tes désirs, franchissant entraves et barrages.

Peut-être es-tu, aujourd'hui, en repos bien mérité ? Mais où que tu sois, au sud, au nord, à l'est ou à l'ouest ; derrière ton bureau, en expédition en Polynésie ou réfugié en ermite dans les Alpes françaises ; que tu sois artiste, politicien, aventurier, avocat ou p.-d.g., que tu sois marié, séparé ou célibataire ; heureux, malheureux, nostalgique ; quelles que soient ton origine, ta langue et la couleur de ta peau, il est peu probable que nous ayons la chance un jour de nous rencontrer. Parce que des êtres comme toi sont rares, parce que nous ne gravissons peut-être pas les mêmes montagnes, parce que les signes de reconnaissance se perdent parfois.

S'il est vrai que l'on s'accommode souvent des rencontres dues au hasard, de liaisons de circonstances, de relations conjoncturelles, moi, cependant, j'ai décidé d'en appeler à la liberté. Liberté de te rencontrer toi et pas un autre. Mais la liberté s'acquiert souvent au détriment de la facilité et c'est pourquoi il me fallait trouver une façon de t'atteindre.

Et c'est par les mots, voyageurs impétueux, que j'essaierai de trouver mon reflet le plus juste.

Je t'abandonnerai des accords de ma vie. J'unirai, en une longue lettre, comme un journal intime, quelques notes distinctives déployées sur la portée de mes vingt-deux ans. Et cela afin de te faire entendre la musique qui a orchestré mon caractère et qui a guidé mon désir de te rejoindre.

De PETITS BILLETS circulaient en permanence durant les cours ; mots doux, prometteurs, invitants. Il arrivait parfois que par la seule entremise de ces billets se scellent des amourettes qui unissaient pour la vie deux destins mais qui se déboîtaient inévitablement au bout d'un ou deux jours. Chaque fois qu'une de ces missives semblait m'être destinée, je retenais mon souffle, excitée, angoissée d'être enfin la cible d'un amour avoué. Mais les déclarations ne faisaient que me passer sous le nez. C'est toujours avec peine que je retenais mes larmes, découragée de n'inspirer aucune passion ardente, de n'être jamais introduite aux énigmes de la chair autrement que par les confidences fiévreuses de mes copines.

L'heure du midi sonnait les incartades derrière les murs de l'école et ceux qui n'étaient pas conviés à ces frasques ou que celles-ci n'intéressaient pas se rabattaient sur des jeux plus chastes. J'éprouvais un vif intérêt pour ces interdits mais, hélas ! je ne les suggérais guère. À douze ans, nous ne sommes pas toutes de grâce et de sensualité ; douze ans, c'est l'âge ingrat et mon corps le reflétait assez bien. Pour couronner cette ingratitude, une grande timidité m'empêchait de m'engager dans l'action. Je me contentais donc d'accueillir les confessions enflammées de mes amies et d'assister, en cachette, aux rendez-vous galants de celles-ci.

La vue de ces langues fouillant les gorges, de ces mains fugitives, animées d'une soif avide de découvertes, de mes camarades repoussant mollement la témérité des garçons précoces, tout cela répugnait à ma bonne éducation mais une partie de moi enviait profondément ces filles déjà entreprises par l'amour.

Par contre, le rôle de « témoin » convenait parfaitement à ma nature discrète et réservée ; toujours en retrait afin que se déploie pleinement l'action dans laquelle je ne prenais place qu'en tant que tiers : celle qui comble les solitudes passagères, celle dont le silence valorisait les aveux.

J'ai dû laisser passer deux ou trois années avant de prendre part aux vaudevilles amoureux.

De la pénombre qu'éclairaient doucement quelques chandelles s'élevait une douce mélopée sentimentale. Des flûtes à champagne dans lesquelles ondulait de la bière blonde. Jusqu'aux gros coussins moelleux posés méthodiquement sur le sofa, tout y était pour faire état d'un théâtre romanesque où Éric tenait admirablement son rôle de galant charmeur.

Âgés de quinze ans tous les deux, Éric et moi avions graduellement délivré nos désirs naissants de l'ignorance et de l'inhibition et ce, dans un parcours plutôt conventionnel : de la bouche au cou puis aux seins ; des mains aux jambes, aux fesses, au sexe. D'entièrement vêtu à légèrement vêtu, de la nudité partielle à la nudité totale. Du désir tiède, contenu, au débordement exalté, à la passion de plus en plus fureteuse. Nous en étions là. Au seuil de la petite mort et du grand éveil.

Éric, aussi précaire qu'a été notre relation, représente mon premier amour. Ensemble, nous nous apprêtions à découvrir ce que nos sens nous criaient depuis déjà un certain temps. L'étape ultime qui, je le détenais d'une amie, procurait une vive douleur. Et le sexe assez imposant de mon ami était loin d'apaiser mes appréhensions. Peu m'importait, je me sentais prête à l'accueillir en moi, en mon antre rose, tendre et, jusque-là, inexploré. Lorsque le gland fit son intrusion, je sentis une brûlure au creux de mon ventre. J'avais mal, mais lorsqu'il voulut se retirer, je l'encourageai à poursuivre. Il s'enfonçait en moi par à-coups jusqu'à la porte de ma virginité et, à ce moment, c'est moi qui soulevai brusquement les reins, moi qui ai forcé ma déchirure.

Seules les taches de sang sur le sofa témoignaient visiblement de cette collision génitale. Ce que nous ressentions Éric et moi d'agitation, d'émotions, de transformations demeura entre nous. Pour ma part, je ne savais expliquer clairement ce que je ressentais et sous quelles mutations mon âme s'agitait mais quelque chose avait changé. La démarche d'Éric semblait plus fière et hautaine mais sans plus. Ses airs de coq me faisaient plutôt rire et cela paraissait grandement froisser son amour-propre. Quelques jours plus tard, il me quittait.

☐

Mes quinze ans portaient maintenant avec plus d'élégance mon corps de jeune fille. De grassouillette je devenais plus élancée, ma chevelure lançait des reflets dorés et mon teint rayonnait. Ce corps d'adolescente que je désespérais de voir changer muait agréablement en un corps de jeune femme. Mon physique ne justifiait donc plus mon repliement sur moi-même mais je demeurais tout de même en marge des attroupements de jeunes, des rendez-vous en boîte et des cancans jouvenceaux. J'inventais des histoires, un univers qui ne m'était plus de détresse mais de félicité. Nul n'y avait accès sauf Rosalie, compagne d'école et de fuites buissonnières.

Nous nous retrouvions à notre habituel point de rencontre, un petit café où nous avions établi notre quartier secret, à la dernière table du fond, loin des yeux et des oreilles trop indiscrètes. Café sur café, cigarette sur cigarette, la tête en délire, nous reconstruisions le monde de notre cru, tragique, dramatique à souhait. Nous réhabilitions notre imagination trop souvent muselée par l'école. C'est pourquoi nous y allions aussi rarement que possible, quoique suffisamment pour tenir nos résultats scolaires en équilibre sur la frêle ligne de la note de passage.

Finasseries échappatoires, improvisations justifi-
catrices, etc., Rosalie et moi étions passées maîtres
d'œuvre subversives. Grand-mère qui meurt à répé-
tition, billets contrefaits du médecin, voix déguisée :
« Rosalie a la fièvre... » Accident impromptu du
copain de l'une ou de l'autre. Nous poussions
même parfois l'audace jusqu'à feindre la dépression
ou toutes autres somatisations, rendant ainsi impossible toute assimilation intellectuelle. Bien sûr, à
quelques reprises, nous nous sommes heurtées aux
limites de la crédulité directoriale mais, mises à part
quelques invectives de la part de nos parents, notre
plus cruelle sanction fut d'être confinées pendant
deux jours au silence austère de la bibliothèque afin
de réfléchir sérieusement sur notre cas. Nous y
serions restées la semaine entière dans cette bibliothèque tant nous nous y sommes amusées.

Peu importait la scène sur laquelle nous nous
trouvions, nous composions notre théâtre indisci-
pliné dans lequel nous laissions s'affirmer nos
différences.

Rosalie, de nature extrêmement scénique,
s'exprimait par de grands éclats, des élans passionnés, des propos marginaux. Mes pulsions à moi,
quoique tout aussi passionnées, ne se vivaient souvent que de et pour l'intérieur. J'admirais beaucoup
mon amie qui faisait étalage de son excentricité dans
des couleurs si éclatantes qu'on ne pouvait que la
remarquer. À ce tempérament pour le moins expres-
sif se conjuguait une beauté de lune noire, mysté-
rieuse et envoûtante.

Ce n'est que vers seize ou dix-sept ans que notre considération pour le sexe opposé réclama la majeure partie de notre attention. Notre attirance s'épanchait particulièrement sur les hommes d'au moins dix ans nos aînés. Pour leur charme mature, pour la culture érotique qu'on leur supposait, pour le défi que représentait leur séduction. Sur ce plan, Rosalie faisait preuve d'une autorité qui me surprenait toujours. Aussitôt qu'un homme éveillait son intérêt, elle s'empressait autour de ce dernier, inventant quelque alibi qui, inévitablement, fomentait une romance. Ma copine additionnait les aventures et possédait suffisamment de savoir en matière de sexe pour pouvoir m'instruire des jours et des jours. Mes historiettes d'une nuit, je les comptais sur les doigts de mes deux mains mais il n'y en avait aucune, jusque-là, dont le souvenir me faisait encore vibrer.

Un soir, Rosalie et moi avions décidé de célébrer la blancheur d'une nuit au *Loft*, à Montréal. Se sentant « d'attaque », mon amie fonça sur un groupe d'Arabes, m'entraînant avec elle sans trop de peine car déjà légère de quelques bières. Ces hommes — ils étaient cinq —, heureux que deux jeunes filles viennent ainsi les appâter, et cela sans le moindre effort de leur part, se disputaient gentiment notre sympathie. Trois heures se sont ainsi écoulées sous la verve généreuse de nos compagnons. Étourdies par les effluves d'alcool, par le rythme trépidant de la musique, ce n'est qu'à demi conscientes que Rosalie et moi nous sommes retrouvées dans un sombre logement où planait une étrange odeur d'épices. Les hommes nous souriaient. De leurs regards émergeait une lueur qui, sans être agressive, témoignait d'une convoitise sans équivoque. Puis tout alla très vite ; mon amie se retrouva dans une chambre avec trois des hommes et moi dans le salon avec les deux autres. D'un coup, ma lucidité me tomba dessus et c'était sans appel. Deux hommes grands et forts, deux hommes dont l'imagination cavalait déjà vers d'obscènes réalisations, me fixaient intensément. Mais je n'étais pas l'indécente libertine qu'ils croyaient et ils parurent surpris lorsque je reculai à leur approche.

— Non, allez, n'aie pas peur. Ça va être bon, tu verras, on va te donner du plaisir comme t'en as jamais eu...

Je leur expliquai, alors qu'ils tentaient de me déshabiller, que je n'en avais pas envie, que je ne me sentais pas très bien et qu'ils devaient me laisser tranquille. Mais mes plaintes n'ont guère su attendrir les deux compères. Au contraire, ces derniers commencèrent à m'injurier : « Salope, petite agace... »

Maintenant complètement nus devant moi, ils m'ordonnèrent de les sucer et moi, affalée sur le divan, les vêtements en désordre, mes seins, mes jambes dévoilés, j'avais peur. J'avais peur et — je ne comprenais pas pourquoi — je me sentais affreusement honteuse. Ils m'enfoncèrent de force leur bite dans la bouche l'un après l'autre, appuyant fermement leurs mains sur ma tête. Les yeux clos, incapable de résister, j'entendais râles, cris, gémissements monter de la chambre où Rosalie était enfermée et je craignais pour elle, imaginant cette prison de chair brute se refermer impitoyablement sur mon amie.

C'est en pleurant que je reçus le sperme au fond de la gorge tandis que l'autre homme éclaboussait ma robe. Ils se détournèrent aussitôt de moi, s'exprimèrent dans une langue qui m'était incompréhensible mais je devinais, aux intonations de leur voix, qu'ils se moquaient de moi. Au même moment, Rosalie sortit de la chambre, les cheveux en bataille, la jupe et la blouse froissées. Elle arborait un large sourire.

— C'était le pied, hein?

J'étais sidérée. Je fermais désespérément les paupières sur ces images humiliantes alors que mon amie se les remémorait avec les sens encore gonflés de volupté. Moi, je jugeais y avoir perdu ma dignité. Mais j'enviais Rosalie. La force de ces hommes, que j'avais subie, perdait tout son sens dans le sourire fier de ma copine. Elle n'était victime ni par ignorance ni par pruderie, seulement peut-être un peu par légèreté. Mais le plus surprenant est que mon amie se laissa tomber d'amour pour l'un de ces hommes entre qui elle s'était partagée. Surprenant? À bien y penser, pas du tout.

Quelques semaines après cette nuit éprouvante, un effluve de printemps précoce embaumait l'air et nous entraîna, Rosalie, Élie et moi, sur la terrasse d'un petit bistrot.

Et là, à quelques tables de la nôtre...
Il attirait mon regard tel un aimant très puissant. Émanait de lui un charme posé, calme, presque grave, accentué par le poivre et le sel de sa chevelure. Il écoutait attentivement son voisin, acquiesçant parfois d'un signe de la tête. Rosalie et son nouvel ami, claustrés dans leur amour tout neuf, me laissaient libre d'observer à mon gré cet homme dont la présence m'habitait déjà. Les regards pèsent lourd, le mien a probablement dû l'assommer car c'est brusquement qu'il se tourna vers moi et me regarda longuement, interrogateur, puis s'est épanoui sur ses lèvres un sourire pour lequel je me serais perdue. Pour lequel je me suis perdue, pendant trois ans.

C'est la douceur qui porta notre première nuit jusqu'au petit jour. Ses caresses glissaient sur mon corps, sous ses lèvres se dressait le fin duvet de ma peau et de sa langue jaillissaient des fleuves de tendresse. Son membre s'agitait en moi, cadencé par un délicieux ressac. Le lendemain, une vague complice me déposa sur son rivage, sur son île, avec une valise à la main et des battements d'ailes plein les yeux.

Jean enseignait le français dans une classe de quatrième. Il possédait un petit chalet solitaire sur le bord de l'eau où nous nous éclipsions les fins de semaine. Moi, j'étudiais la littérature au cégep et travaillais le soir dans une boutique de livres et journaux. De mes dix-sept ans à ses trente-quatre ans, son cœur, gamin à ses heures, et ma maturité en éveil nous servaient de ponceaux. Et l'amour aussi, bien entendu... Mais nous n'entretenions aucune amitié, ni projets, ni activités communes. Que le petit chalet solitaire au bord de l'eau. Nous ne dérivions que rarement de la routine des jours et, sans vraiment le réaliser encore, je commençais à trouver accablante la monotonie qui affligeait nos séances de conditionnement sexuel. Bulletin de nouvelles de vingt-deux heures, un peu de lecture jusqu'à ce que nos effleurements involontaires nous brûlent la peau ou que mes chatteries le déconcentrent. Alors on se consommait avec les doigts, avec la bouche, avec trop de politesse et de respect. Jamais longtemps, pas suffisamment pour me repaître. Trop vite il forçait l'entrebâillement de mon sexe pour le quitter trop tôt. Et si me venait à l'idée d'esquisser à ses yeux des variantes trop colorées, il affichait un air étonné. Il considérait saugrenues mes tentatives exploratoires. Comme ce jour où je l'avais rejoint à son bureau, à l'école, en fin d'après-midi, négligeant la petite culotte sous ma jupe. Je l'avais presque supplié : « Prends-moi ! » Il m'avait alors regardée, hébété comme lorsqu'on surprend la folie...

Mais je vivais aussi de beaux moments comme lorsque nous errions sur le lac jusqu'à ce que la pénombre glisse sur nous, légère. Alors, nous nous noyions dans un silence absolu, que seuls les clapotis des rames troublaient ainsi que quelques cris d'oiseaux nocturnes. Ou encore lorsque, tôt le matin, je l'épiais du coin de l'œil alors qu'il s'affairait à disposer le petit-déjeuner sur un plateau, n'omettant

jamais les fleurs arc-en-ciel. Je le trouvais beau avec
sa barbe négligée et ses yeux encore gonflés de la
nuit.

Mais aussitôt que se diluaient ces délicieux
instants dans la conformité des jours, se dissipait
également la sensation de plénitude qui les accom-
pagnait, pour être remplacée par celle, indéfinie,
d'un manque. Il me manquait quelque chose. Quoi
exactement, je n'en savais rien mais l'insatisfaction
m'a poussée, après deux années passées avec Jean,
dans une quête chaotique de l'aventure, de l'expérience. Je me suis promenée entre mille feux, scru-
tant à travers les relents d'alcool et de fumée celui
pour lequel je me consumerais entière, celui qui
aviverait l'intensité en moi. Je croyais, peut-être
naïvement, que seul un homme me révélerait à moi-
même. Je croyais que des émotions et des sentiments nés d'une rencontre sentimentale j'appren-
drais tout ce que j'ignorais encore de moi et de la
vie. Je croyais qu'en m'ouvrant le ventre péné-
treraient alors en moi toutes les vérités du monde.
De cet homme, égoïstement désiré, je ne pressentais
que la force, d'esprit, de caractère et de corps.

J'appelais au vent, à la bourrasque pour qu'elle
m'emporte.

J'aimais ces endroits où se bouculaient des
envies incessantes, pressantes, ne demandant qu'à
s'amarrer ; j'aimais ces regards qui se cherchent,
cette fièvre d'urgence, tous ces désirs en ricochet. Il
m'arrivait parfois de jeter mon regard sur un
homme qui, par une inexplicable chimie, inspirait

mes fantaisies. Ces moments où se jouent tous les moindres détails ; regards, mots, silences, inclinaisons du corps ; ces demi-sourires, demi-phrases, demi-contacts ; tout ce qui laissait parler l'imagination, supposer l'autre demie. Ce sont ces moments-là que je préférais.

Mais les nuits blanches en compagnie d'hommes de passage dont j'oubliais rapidement le nom me lassaient ; la plupart du temps, j'étais déçue. Le plus étrange est que je ne pouvais cerner distinctement ce qui me rendait mélancolique. Les bras de mon amant se refermaient sur du vide, ne me touchaient pas. Je feignais le dérèglement des sens, alors que ma tête se trouvait à des kilomètres de là. Un tel simulacre suscitait immanquablement un sentiment de honte. Je m'attribuais de quelconques désordres sexuels.

Ce n'est que plus tard que je réalisai que ni avec Jean ni avec mes autres partenaires je n'avais atteint ces cimes voluptueuses d'où l'on chavire délicieusement. Ma jouissance était retenue par une volonté invisible dont j'ignorais l'origine. Et pourtant, lorsque je me caressais, le plaisir déferlait en vagues successives.

Jouir. S'épanouir. S'ouvrir. Vivre sans retenue, sans barrières, avec audace...

□

Simon...

Un soir que je travaillais à la boutique, il est entré, souriant ; si beau avec ses cheveux bouclés noir de jais qui lui tombaient sur les épaules, le nez calqué sur un modèle grec, les lèvres bordées de petits plis rieurs et ses yeux chargés de lumière. Je l'épiais du coin de l'œil et je souriais. Il semblait buter sur des obstacles invisibles. Au bout d'une demi-heure, il s'est décidé à venir me parler. Je lui facilitais la tâche derrière mon comptoir à journaux, il n'avait qu'à acheter une revue, un journal, le prétexte était gratuit. Sans prendre la peine de s'embarrasser d'une fausse excuse, il s'est tout bonnement planté devant moi : « Je ne sais pas vraiment quoi dire mais j'avais envie de te parler. »

Et nous avons parlé de choses et d'autres, sans trop de malaise comme si nous poursuivions tout naturellement une conversation entreprise antérieurement. « Avec plaisir », je répondis, lorsqu'il m'invita à sortir avec lui. Il me servirait, au pire, de refuge chaleureux, je pourrais y assouvir ma soif d'inconnu.

Simon et moi passions de longs après-midi ensemble à nous promener en voiture, tous deux émerveillés devant les paysages qui défilaient devant nous. Nous n'avions aucune direction précise. Parfois, à la nuit tombante, allongés dans l'herbe, nous jouions à qui le premier toucherait les étoiles. Et j'aimais l'entendre me raconter l'Inde, l'Équateur ou la Chine qu'il connaissait déjà, malgré ses vingt-sept ans. Débordant de passion, il me dessinait pour moi seule des paysages majestueux, des visages d'ailleurs, des cultures bigarrées. Souvent il était à ce point ému au cours de ses récits que ses yeux s'embuaient ; il cessait alors de parler, le temps que s'apaise un peu l'effusion, puis il reprenait, lentement, jusqu'à ce qu'il s'emporte de nouveau. J'adorais l'écouter, le voir si vivant. Si vivant. Entre nous, circulaient la tendresse et la complicité. Sa douceur, sa sensibilité n'inspiraient chez moi aucun désir violent ; mes fantasmes n'avaient aucune prise sur la nature fluide de mon ami. S'il me désirait, il ne me le démontrait guère ou de façon trop timide. Nous n'échangions que des caresses tout amicales. Avec lui je me reposais. Je me laissais bercer comme une enfant par sa poésie et son innocence. Je n'en désirais pas plus. Ni moins.

Mon âme sœur, mon complice, mon nomade, ma bohème...

Que se serait-il passé entre nous si mon ami ne s'était pas envolé, un matin, vers le soleil du Sud ? Je l'ignore. Simon, par sa seule nature, par son amour évident de la vie, par son engagement devant tout ce qui représentait pour lui la beauté pure, m'a fait retrouver une nécessaire confiance. Mon besoin d'indépendance devenait incontournable. Je devais m'extraire de cette tranquillité qui m'étouffait.

Mais la peur me tenaillait. Peur de quitter Jean. Peur de ma vie, seule. Peur de sauter les barrières derrière lesquelles se trouvait la grande inconnue. Peur de me retrouver nulle part.

Cher Simon, c'est sous tes airs de troubadour que se sont gonflés mes ailerons. Triste de ton départ mais heureuse de te voir répondre si naturellement aux appels de la vie.

☐

Cher Jean,

Je trouve difficilement les mots pour dire mes craintes, mes doutes, mes insécurités; j'ai plein de réticences et je finis toujours par succomber dans des gestes un peu fous; cela peut te sembler obscur mais crois-moi, je suis sincère. J'ai vu le regard que tu m'as lancé lorsque je t'ai appris que je partais en voyage. Tes yeux embarrassés par ma propre déraison que tu as toujours si généreusement excusée au nom d'une certaine jeunesse et de la naïveté qui en découle. Tu prétendais qu'à ton âge je perdrais mes illusions, que je serais plus réaliste, alors que moi j'affirmais que jamais je n'accepterais de faire du neuf à cinq dans un bureau, que je voyagerais partout où je voudrais et que la vie était enceinte de belles promesses que je mettrais moi-même au monde. En mon monde. Et tu t'empressais de crever mes ballons rouges, m'accusant de n'avoir aucune idée précise de ce que je désirais faire. C'est vrai, je l'ignore, je ne sais pas encore ce qui me convient le mieux: missionnaire, aventurière, chercheuse de trésors...

Et je dois te dire que l'agitation routinière qui rythme maintenant nos étreintes commence à me donner le mal de mer; te dire que j'ai plutôt envie d'être bousculée, foudroyée, allumée et consumée, jusqu'à la limite du supportable.

Jean, ton amour si limpide m'empêche de voir ce que je suis réellement. Tu souhaitais tant me protéger des blessures dont tu as toi-même nourri tes rêves que je n'osais plus aucun geste de mon propre gré. Tu désirais adapter mes projets à ton idéal et voilà que je les ai tous perdus. Je pars les retrouver.

Sache que ce n'est pas toi que je quitte mais le cadre étouffant de ma vie aujourd'hui. Je suis satisfaite, sincèrement, du temps partagé ensemble, et ta pensée me nourrira toujours.

Sophie

Ainsi, à vingt ans, je quittais Jean, mon travail, mes études, mon quotidien, ma ville pour partir à Vancouver avec l'espoir, non, avec la conviction que c'était la bonne décision. Cette aventure, planifiée à la va-vite, me forcerait à quitter les frontières de la banalité et à faire confiance en cette vie que je commençais à peine à découvrir ; confiance aussi en mes intuitions, ces chants de sirène qui allaient provoquer non pas mon naufrage mais mon bonheur. Je le savais.

Pendant ces quatre mois, mon sang n'a cessé de battre à fleur de peau. J'ai fait le plein d'images et d'émotions que je n'oublierai jamais. La mer déroulée interminablement, les Rocheuses de connivence avec les cieux, le nature replète, démesurée, fantastique et tous ces gens, voyageurs, résidants, habitants et pêcheurs qui m'ont permis d'assister au bal des baleines... Toutes ces images à jamais figées en moi. Imprégnées également dans mon cœur, mes amours de passage.

Je me rappellerai toujours cet Italien qui, dans un élan spontané, m'a offert une cigarette alors que je savourais tranquillement un café sur la terrasse d'un bistrot à Vancouver. Il m'a séduite comme un séducteur séduit une fille blonde au regard distrait. Il m'a séduite le temps d'une sérénade, avec son regard de conquistador.

Il a soufflé sur le brasier de mon sexe, il m'a allumée, et ce feu, intense mais précaire, était celui d'une étoile filante. Je cherche encore un sens à toutes ces émotions. Peut-être n'est-il pas nécessaire de chercher, il suffit de se laisser porter. Respirer avec le cœur, se laisser envoûter par les prouesses d'un Sicilien qui m'a fait danser le tango dans un parc désert. Souvenir d'un regard noir et brillant comme un soleil de minuit, de ses lèvres charnues, de son allure fière. Son corps fébrile, chargeant comme un taureau fou. Sa peau qui se colle à la mienne ; son sexe planté dans mon ventre éperonnant mon abandon. Il guidait mon corps, le tournant et retournant dans tous les sens. Tomasso qui baise comme une musique arrachée de l'intérieur. Une musique qui s'est évanouie le lendemain matin.

Aucune tristesse, mais un goût de pluie dans le ventre, dans la bouche et dans la tête. Une pluie d'été, chaude et mélancolique, douce et sensuelle, tendre et prenante. Le torero est reparti dans sa Sicile, ne me laissant que l'adresse d'une étoile filante.

Je ne me suis pas attardée, ce n'était qu'une brève escale. Quelques jours plus tard, je partais vers l'île de Vancouver, à Victoria plus précisément, une petite ville au charme britannique, comme une carte postale. Les longues promenades que j'y faisais m'entraînaient presque toujours vers la marina, hôtesse des pêcheurs, des richards, des voyageurs sans boussole et des capitaines aux pieds secs. Et d'un Israélien, pilote de voilier.

Je me rappelle son sourire moqueur, son regard franc, son audace et ses airs d'aventurier. La première fois que je l'ai vu, il était, vêtu de noir, perché sur sa moto et sortait d'une allée entre les embarcations. Son teint bronzé et ses cheveux noirs qui tombaient en boucles souples sur ses épaules lui donnaient l'air d'un chevalier futuriste. Je lui ai souri lorsqu'il est passé près de moi. Je le trouvais beau.

Je me rappelle tout. Il m'a adressé la parole, il m'a demandé mon nom et d'où je venais. Il s'appelait Youssef et travaillait pour un riche industriel, promenant ce dernier sur les mers entre Vancouver, Los Angeles et Miami. « Pilote de voilier ! Quel beau métier ! » m'étais-je exclamée. Toujours en mouvement, toujours à découvrir de nouveaux lieux, toujours l'aventure...

« C'est étrange, j'ai l'impression de te connaître depuis des années, mais tu n'es que de passage et tu t'en iras. » Ces paroles, il me les a dites juste après notre première nuit d'amour. Avec de la mélancolie dans la voix. Aucune trace d'arrogance dans son attitude. Il m'apparaissait vulnérable, sensible.

Arrogant, il l'était pourtant. Comme lorsqu'il m'a proposé, sur la passerelle de la marina, d'aller visiter «son» bateau, qui appartenait en fait au riche industriel. Nous ne nous connaissions que depuis trois minutes, à peine! Et moi je suis partie à rire. «Non, merci!» Je ne voulais pas, pas si vite, pas comme ça. Alors il m'a demandé où je logeais car il pourrait venir me chercher plus tard dans la soirée et nous pourrions aller nous balader en moto. J'étais d'accord. Il ne me restait plus grand-temps pour profiter de l'occasion car j'avais déjà acheté mon billet de retour et je repartais dans trois jours.

Je me rappelle tout. Le vent était chaud, ce soir-là, et l'odeur de cuir de son manteau me plaisait. Je frottais mon nez contre son dos, mes bras entouraient fermement sa taille. La vitesse m'enivrait: «Plus vite! plus vite!» Qu'on décolle! Qu'on s'envole! L'humidité nous collait à la peau. Le ciel était chargé de lourds nuages prêts à éclater. Et puis, soudainement, de grosses gouttes nous tombèrent dessus. Nous sommes partis à rire. Je me rappelle que j'avais le feu entre les cuisses et que des bouffées de chaleur me faisaient tourner la tête.

Il m'a prise sur le pont du voilier. Nous étions nus sous la pluie. Il m'a prise avec empressement, c'était l'expression de l'urgence d'un désir. Son sexe bien enfoncé en moi, sauvage, avide. Rien de tendre dans ses gestes, rien de doux dans ses caresses, cela ressemblait davantage à un combat, à un corps à corps dans l'anarchie des désirs.

Mais je me rappelle aussi cette tendresse, cette douceur qui s'est glissée entre nous, une fois le désir épuisé. Une complicité qu'on ne voudrait jamais voir se dissiper. Il m'a pénétrée lentement, si doucement que je pouvais sentir les parois de mon vagin l'envelopper. Il glissait en moi dans un mouvement à peine perceptible et, une fois complètement niché dans le creux de mon ventre, il cessait de bouger et je sentais les pulsions de sa queue battre en moi. Il me regardait dans les yeux et ce regard soulevait tant d'émotions que je n'ai pu m'empêcher de pleurer. J'éprouvai un peu de chagrin lorsque je dus quitter Youssef pour repartir chez moi. J'aurais pu rester, prolonger notre rencontre et peut-être même voyager avec lui. Mais je ne l'ai pas fait. Je savais, de toute façon, que d'autres histoires tout aussi belles m'attendaient. Je n'ai pas eu de regrets. Et puis ma famille me manquait.

☐

L'accueil de mes parents fut chaleureux. Même si la chambre que j'occupais pendant mon enfance me semblait aujourd'hui, avec mes yeux de vingt ans, un peu étroite, j'étais heureuse d'y revenir, de retrouver mon père et ma mère avides de mes récits de voyages.

Mais je ne leur ai raconté que le beau côté des choses. Rien des événements qui plus d'une fois m'ont plongée dans le vide, la tristesse, la colère. Je n'ai pas dit combien on est seule sur le bord de l'autoroute quand le soleil met du plomb dans votre sac à dos, quand on est perdue au milieu des champs jaunes qui s'étendent à perte de vue et de sens. Et je ne leur ai pas non plus parlé de cet homme trop bien habillé qui m'a fait monter dans sa trop belle voiture, qui me murmurait de trop douces paroles et qui m'a proposé sa trop grande maison où il faisait trop noir.

Les deux dernières nuits, j'avais côtoyé l'insomnie et s'était envolée toute méfiance. C'est pourquoi j'avais accepté de dormir dans la maison vide de cet homme. Après m'avoir invitée à souper et m'avoir entretenue de choses et d'autres, il est venu me reconduire à ladite maison, située à l'entrée de la ville. S'étant assuré que j'étais bien installée et que je ne me manquais de rien, il est reparti en me souhaitant une bonne nuit. Épuisée, je basculai dans le doux réconfort du sommeil, enchantée d'un si heureux hasard.

Mais au cœur des ténèbres, au milieu d'un silence dense, écrasant, je me suis réveillée avec, devant moi, cette vision terrifiante : l'homme que, quelques heures auparavant, je bénissais était planté devant moi. Son visage n'était plus empreint de la bonté qu'il affichait quelques heures plus tôt.

Épouvantée, je me réfugiai sous les couvertures, tous mes sens aux aguets. Il s'est avancé lentement, le regard braqué sur moi comme un fusil chargé à bloc. D'une petite voix toute chevrotante, que je ne réussissais pas à contrôler, je lui demandai :

— Est-ce que tu veux que je parte ?

À deux pas de moi, il n'aurait eu qu'à se pencher... Mais son visage, agité brusquement d'étranges grimaces, évoquait un combat, un duel intérieur. Il chancelait.

— Non, non... je ne veux pas que tu partes...
je... je veux que tu restes... toujours.

Dans ma tête, tout allait très vite, je n'avais
vraiment pas le temps de réfléchir. Appréhension,
colère, tristesse... Je ne saurais expliquer comment
j'ai réussi à contrôler ma peur. Je ne sais pas. Je crois
que c'était mon amour de la vie.

— Non... non, je ne partirai pas. Je resterai avec
toi... toujours.

Il a froncé les sourcils, un peu décontenancé,
puis s'est accroupi. Maintenant son visage était près
du mien, je sentais son souffle chaud, son haleine,
son odeur... De ses mains larges, il repoussait les
draps. Ses grosses mains sur mon cœur en alerte.
«Je t'aime», puis il m'a embrassée gauchement, sa
langue fouillant ma bouche, fouillant mon corps,
rudoyant ma chair de chiffon. Sa bouche aspirait
mes seins, ses doigts profanaient ma chatte. Et moi,
toute repliée sur moi, je m'affairais à cacher dans un
coin auquel il n'aurait jamais accès ma dignité et
mon amour-propre.

Il fut incapable de me pénétrer et j'ai presque
souri en imaginant sa queue qui se rétractait comme
au contact de l'eau froide, ou à cause de la peur.
Mais il commençait à s'énerver, et pressentant sa
colère je lui murmurai que ce n'était pas grave, qu'il
ne devait pas s'en faire... Il se leva d'un trait.

— Je dois aller à la salle de bains.

— Je t'attends, mon amour.

Je ne l'ai pas attendu. Craignant de n'avoir pas
suffisamment de temps mais consciente d'une

chance peut-être unique, je me rhabillai en vitesse, empoignai mon sac à dos que, heureusement, je n'avais pas ouvert, puis je me suis précipitée dehors en courant, courant, courant jusqu'à cette ville inconnue mais rassurante. J'entrai dans le premier restaurant encore ouvert, haletante, le cœur à l'envers mais vivante. Tellement vivante.

☐

Quelques jours avant mon départ pour l'Ouest, assise dans un café, je confiais à mon journal les derniers événements. Un homme m'a abordée, vantant la clarté de mes yeux, ce qui, selon lui, était malheureusement de plus en plus rare. Les questions d'usage auxquelles je m'attendais ne vinrent pas : « Comment t'appelles-tu ? » « Qu'est-ce que tu fais dans la vie ? » « Tu viens souvent ici ? »...

— Depuis un moment que je t'observe et j'ai remarqué que, lorsque tu écris, tes pupilles se rétractent toutes seules, comme animées de l'intérieur alors que, pour la plupart des gens, pour que leurs pupilles s'animent, il faut un stimuli extérieur...

Introduction plutôt surprenante ! Et il poursuivit ainsi avec une ébauche partielle de sa vie. Il parlait vite et gesticulait, mimant certains passages de son récit. Il s'appelait Philippe, revenait d'un périple de huit ans en mer. De retour depuis deux ans, il possédait une compagnie de matériaux hydrauliques, habitait la campagne et conjuguait avec souplesse ses heures de travail avec sa passion du plein-air.

Plutôt grand et costaud, avec des yeux trempés dans l'acier qui vous perçaient d'un coup franc et direct. Il avait beaucoup de charme mais il n'aura pas réussi à m'engager ailleurs que dans les simples présentations d'usage. Les derniers préparatifs de mon voyage m'absorbaient entièrement, m'interdisant de disperser mes énergies vers d'autres projets. De plus, un léger vague à l'âme, venant de ma séparation avec Jean, me rendait insensible aux attentions d'autres hommes. Jean n'avait pas répondu à la lettre que je lui avais envoyée et ce silence me plongeait dans le désarroi. Je ne regrettais aucunement ma décision de le quitter, mais je ne comprenais pas qu'il baisse si vite les bras, qu'il n'insiste pas... Cœur désabusé qui a oublié le combat.

Deux ou trois fois, peut-être quatre, j'ai revu Philippe en pensée, mais le temps a fait le reste et j'ai fini par l'oublier. C'est pourquoi, environ deux semaines après mon retour, je ne le reconnus pas tout de suite lorsqu'il m'accosta à la sortie du cinéma. Mais je me suis souvenue du bleu-gris de son regard. Il semblait sincèrement heureux de me voir et son enthousiasme nous a même entraînés jusqu'au restaurant, où nous avons soupé en tête-à-tête.

Nous avons parlé de voyages. Il me peignit un tableau grandiose de sa longue escapade en voilier à travers le monde, œuvre assez impressionnante digne d'un artiste éprouvé. Plus tard je compris que tout ce que Philippe prenait avec cœur, il le révélait sous un jour toujours majestueux. C'est avec plaisir

que je le suivais dans son monde plus grand que
nature.

— Je repartirai un jour... mais pour aujourd'hui,
je suis heureux de jouir d'un peu de stabilité, et puis
il y a Laurence...

Je fus un peu décontenancée lorsqu'il m'a dit
vivre avec une femme qu'il aimait profondément,
encore plus quand il m'apprit ce pacte de liberté qui
les liait étroitement. Liberté du désir, les élans du
cœur s'accordant à leur bonheur propre et à l'enrichissement de leur relation. Surprise ? Un peu, étonnée surtout, agréablement. Qu'un couple puisse
ainsi vivre au gré des fluctuations des passions, qu'il
puisse s'unir dans une multitude d'amours...

— Mais parle-moi un peu de toi.

Je lui racontai par grandes envolées enthou-
siastes ma traversée du Canada ; je lui parlai de Jean
et de notre rupture ; de mon travail que j'avais repris
à la boutique de livres et journaux, et je lui fis part
de mes incertitudes quant à mes projets d'avenir.

— Je m'inscrirai probablement à l'université en
littérature, en communication ou en journalisme, je
ne sais pas encore. Je me dis qu'après tout trois ans,
ce n'est rien en comparaison des possibilités qui
s'offriront à moi une fois mon diplôme en main.

Sans mot dire, attentif, son regard pénétrait en
moi, provoquant un certain malaise comme s'il
cherchait, au-delà de mes mots, qui j'étais réellement. Une lueur dans ses yeux me disait qu'il avait
perçu le fossé entre ma motivation et mes projets
d'études.

En fait, j'usais de toute ma volonté afin de me faire croire qu'il s'agissait là d'une voie qui me comblerait mais j'y voyais plutôt le seul recours, l'unique issue à mon ambition. Philippe ne fit aucun commentaire, seuls quelques hochements de la tête pour me signifier qu'il ne perdait rien de ce que je lui racontais, qu'il écoutait jusqu'aux résonances de mes mots. Nous nous quittâmes au bout de deux heures, encore une fois sans indice pour nous retrouver plus tard.

En attendant de trouver la bonne voie, en attendant de fixer mes espérances sur un support, espérais-je, plus solide, je continuais de travailler à la boutique tout en arpentant assidûment les petites annonces à la recherche d'un logement à partager.

Appartements trop sombres, locataires trop pointilleux ou trop négligents, distance incommode, paiements trop lourds, etc., jusqu'à ce que, enfin, au bout de deux semaines de recherches intensives, je rencontre Anne.

Dès mon premier regard posé sur elle, j'ai immédiatement senti que nous nous entendrions. Petite, menue, les cheveux à la garçonne, avec de grands yeux verts, vive et animée. C'était le contraste qui m'avait le plus étonnée : trouver autant de vie dans une femme aussi délicate. Extravertie, volubile, exubérante. Nos différences s'allieraient bien.

Je cherchais une chambre à la mesure de mes moyens, elle habitait un appartement en solitaire. Nous avons convenu d'un essai de cohabitation, essai qui se prolongea presque un an.

Anne étudiait en publicité et, vers dix-sept heures, lorsqu'elle rentrait, nous nous croisions sur le seuil alors que je partais travailler pour ne revenir qu'en fin de soirée. Les premières semaines se déroulèrent au fil de petits ajustements ici et là, sans grande importance. Nous nous épiions du coin de l'œil, nous nous observions. Apprivoisement graduel et mutuel. Ma présence feutrée et silencieuse au début s'affirmait avec le temps, je prenais ma place, une place à la grandeur de l'appartement, et nous ne délimitions que nos jardins secrets.

Le matin, quand le temps le permettait, nous buvions notre café dans la véranda en discutant. Nous nous sommes ainsi découvert plusieurs affinités communes. Le soir, parfois très tard, à partir de chandelles et de musique, nous créions une atmosphère propice aux épanchements du cœur et, grâce à ces confidences, notre complicité grandissait.

Je me sentais bien dans ce logement où plantes et fleurs régnaient en maîtres. À toute heure de la journée, les pièces, les unes après les autres, baignaient dans la lumière. J'allais de la chambre à la véranda, de la cuisine au salon, au gré des mouvements du soleil, et je me prélassais en rêvant de voyages intemporels dans des contrées fabuleuses où, à chaque détournement de regard, une émotion nouvelle me sautait au visage. Je rêvais d'hommes, beaux, forts, virils, que je séduisais pour ensuite m'enfuir... Et ils couraient, couraient, couraient pour, eux aussi, me sauter au corps.

☐

Je retrouvai, un soir, en rentrant du travail, une lettre que quelqu'un était venu porter le matin même. Qui ? Un homme était venu et avait demandé qu'on me remette l'enveloppe. Philippe ! Une lettre dans laquelle il m'exprimait ce qu'il ressentait pour moi, ce qu'il percevait de moi. À en croire ses mots, il aurait perçu ma « vraie nature » avec laquelle, toujours selon ses mots, je ne vivais pas en accord. Il estimait que j'étais une femme de passion, particulièrement disposée à vivre des émotions intenses même si je n'en avais pas vraiment encore conscience, bien que je puisse souvent ressentir qu'il me « manquait » quelque chose. Philippe prétendait que je manquais de stimulation et de motivation dans ma vie. Il affirmait aussi que je n'avais pas à me forcer pour découvrir la vie que je souhaitais mener, que je n'avais qu'à m'écouter et à laisser monter en moi mes désirs profonds. Il terminait sa lettre en me laissant son numéro de téléphone. Je n'avais qu'à l'appeler si le cœur m'en disait.

J'étais étonnée, intriguée et irritée. Des bouffées de colère montaient en moi. Qui était-il donc pour me dire qui j'étais ? Pour affirmer que je ne vivais pas selon ma vraie nature ?

J'aurais tout aussi bien pu le rayer de ma tête, ne pas tenir compte des « fabulations » de cet inconnu arrogant mais, ce que je n'osais me dire, c'est que, au-delà des réticences à accepter ouvertement ce que Philippe avançait sur moi, je me sentais touchée. Comme si on avait posé sur une parcelle vierge de mon être un doigt, un regard, un baiser même car, je le sentais, il ne souhaitait ni me blesser ni se jouer de moi.

Je l'ai donc appelé et nous avons fixé rendez-vous pour le lendemain. Il m'expliqua alors qu'il n'avait pas voulu apparaître présomptueux mais qu'il éprouvait tout simplement le besoin de me dire ce qu'il pensait en toute sincérité. Il croyait simplement que je ne tirais pas suffisamment d'avantages et de plaisirs de ma situation, que je n'exploitais pas tout mon potentiel, et il trouvait malheureux que je mette ainsi en veilleuse mes qualités.

Ces paroles me touchaient par leur envergure et leur beauté. Philippe me trouvait belle, ne cessait de me le répéter et il affirmait que je possédais toutes les ressources nécessaires pour accomplir de grandes choses.

Je me sentais bousculée, confuse, dérangée. C'est ainsi qu'il me laissa au bout de trois heures, pour retourner à son travail. J'ai détesté cet homme à cause de ce miroir de moi-même qu'il me renvoyait, mais j'ai vite compris qu'une telle confrontation avec moi-même me serait profitable. Et je n'avais pas tort...

Nous avons dîné ensemble de plus en plus régulièrement. Sa confiance et ses encouragements inspiraient mes pensées et mes réflexions quant à mes projets d'avenir. Il me disait et redisait souvent que je pourrais accomplir tout ce que j'aurais décidé mais j'avais du mal à visualiser ce que j'attendais

réellement de ma vie. Quelle en serait l'orientation?
«Crée toi-même ton métier», me suggérait Philippe.
Je passai en revue tous mes champs d'intérêt: arts, relations humaines, philosophie, voyages, psychologie... Quel travail pouvais-je inventer d'un tel alliage de goûts, d'aptitudes et d'un désir de grandeur?

Lorsqu'on se rencontrait, Philippe et moi, c'était toujours dans un restaurant ou un parc ou lors d'une balade en auto mais jamais dans un endroit propice à une plus grande intimité. Nous gardions donc une certaine distance dans nos rapports et je ne cherchais pas vraiment à m'en défaire. Il me semblait que notre relation était strictement platonique et je ne nourrissais aucun fantasme à son égard. Toute mon attention était dirigée vers sa philosophie, sa façon de voir les choses plutôt que vers son physique. Mais il m'arrivait de m'interroger quant aux intérêts de Philippe.

Presque un mois que nous nous côtoyions et il n'avait tenté aucune approche plus intime. Il me fallut un certain temps pour comprendre que sa présence, sa disponibilité, son apport moral et matériel m'étaient donnés de façon gratuite.

Avec le petit salaire gagné à la boutique, les fins de mois étaient parfois ardues et l'appui financier de mon ami signifiait une protection contre ces difficultés financières. Il me procurait, indéniablement, une assurance et je lui en étais redevable. Il me donnait beaucoup alors que moi je n'avais rien à lui offrir pour le remercier.

Un jour, lors d'un pique-nique à la campagne, c'est naturellement que mon corps s'est tendu vers le sien, que ma tête s'est posée sur son épaule et que mes bras l'enlacèrent. Tout naturellement, comme une réponse à sa gentillesse. Lorsque je relevai la tête vers lui, un sourire égayait son visage mais dans ses yeux d'acier dansait une lueur indéfinissable. Il me demanda alors brusquement si j'étais satisfaite de mes pratiques sexuelles. Je lui répondis par la négative et il ne sembla pas autrement surpris. Il me posa plusieurs questions sur le caractère de mes relations sexuelles ; un peu gênée, je lui confiai qu'habituellement les hommes étaient très doux avec moi mais que je n'arrivais pas à jouir complètement de leurs caresses. Le plaisir se mêlait généralement à nos étreintes mais, pour ma part, je n'arrivais jamais jusqu'à l'orgasme. Je lui avouai mes craintes pour ce que je croyais être un dysfonctionnement biologique ou émotif ou je ne sais trop...

— Non, je ne crois pas que c'est un dysfonctionnement, comme tu dis. Tu arrives à jouir quand tu te masturbes ?

— Oui...

J'étais un peu étonnée du terrain sur lequel glissait notre conversation car jusqu'alors j'avais l'impression que nous vivions une relation presque ascétique. Je me trompais. Philippe pensait que je n'étais sans doute pas suffisamment stimulée.

— Jusqu'où t'es-tu aventurée dans ta sexualité ? Est-ce que tu as déjà baisé avec quelqu'un qui était un peu brusque avec toi ?

À vingt et un ans, je connaissais et savourais la masturbation depuis longtemps. Avec Jean, nous ne nous étions pas hasardés plus loin que la chambre à coucher, bien cachés sous des couvertures. Simon et moi explorions le firmament, mais jamais nos corps. Et, mis à part une ou deux exceptions, les quelques historiettes qui parsemaient ma vie n'étaient pas dignes de mention. Bref, tout en connaissant mon goût pour les fantaisies sexuelles, je n'avais jamais expérimenté les scénarios qui alimentaient mon cinéma érotique, comme me faire prendre de façon un peu brutale.

Soudain, Philippe prit mon visage entre ses mains et me repoussa vers l'arrière. Puis il agrippa mes cheveux et me fit basculer sur le dos. Mon cœur se mit à battre à toute allure et mes sens s'agitaient à une telle vitesse que je n'avais pas le temps de comprendre ce qui m'arrivait. Nos corps étaient en contact direct, sans possibilité de fuite. Je sentais la force de Philippe, son corps massif, ses gestes pressés. D'une main, il maintenait mes poignets au-dessus de ma tête et de l'autre, il dévoilait mes seins et sa bouche s'empressait de les mordiller. Puis, sans ménagement, il me retourna sur le ventre et releva ma jupe sur mes hanches, dénudant ainsi mes fesses. Il ne me caressait pas mais malaxait, triturait ma chair et assaillait ma croupe en la frappant légère-ment, tout en plaquant mon visage au sol. Mon corps répondait d'instinct. Il ondulait, se débattait. Mise à part la stupeur, j'éprouvais un plaisir immé-diat, vif et brut. D'être ainsi bousculée me procurait une sorte de contentement, une vivacité physique mais aussi morale, comme si des énergies qui sommeillaient depuis longtemps en moi s'étaient soudainement éveillées et proliféraient maintenant dans chaque cellule de mon être. À cause de visiteurs impromptus, nous dûmes cesser nos activités. Malgré un évidente confusion, je me sentais emplie d'une satisfaction intense et les élans de tendresse de Philippe à mon égard apaisèrent l'imbroglio émotionnel dans lequel j'étais plongée.

J'éprouvais pour Philippe de plus en plus d'affection. Je l'admirais. Cette effervescence, cette habileté qu'il avait à tirer profit de toute situation et à toujours orienter sa vie au gré de ses aspirations les plus profondes me fascinaient. Je l'appréciais pour ce qu'il était et non plus seulement pour ce qu'il m'apportait. Je ne ressentais nul besoin de possession.

Ainsi de nouveaux aspects de ma sexualité s'éveillaient. Je découvrais ce que voulaient dire soumission et domination. Et j'en apprenais beaucoup sur moi et sur mes émotions. Un rideau se levait, me faisant découvrir le bal magique des sens et de l'imaginaire.

Je voulus répéter l'expérience, désireuse de replonger dans ces sensations mirifiques dont le simple rappel me faisait saliver. J'invitai donc Philippe chez moi, profitant de l'absence de ma colocataire.

Peut-être au ton de ma voix ou à l'œillade un peu gênée que je lui décochai lorsqu'il entra, Philippe avait pressenti l'émoi qui m'agitait et il en abusa comme je l'avais secrètement souhaité. Sans mot dire, dans un silence troublant, il m'appuya contre le mur, un genou entre mes jambes, souffla à mon oreille toute l'indécence de son désir, murmurant ces mots : «Je sais que t'en as envie... je vais te prendre, ma belle, je vais te posséder...» Il s'agenouilla à la hauteur de mon ventre et baissa mon pantalon. Sa bouche se colla sur mon sexe déjà humide et de sa langue il fouilla les plis et replis de ma chatte. Il se releva et m'entraîna jusqu'à la chambre où il finit de me dévêtir après m'avoir poussée sur le lit.

Puis il sortit de la pièce en m'ordonnant de ne pas bouger. Et moi, aussi fébrile qu'une proie aux aguets, je tendais l'oreille, cherchant à deviner ses gestes. Lorsqu'il réapparut, il était complètement nu et tenait dans ses mains un bandeau et de la corde.

J'étais plongée soudainement dans la noirceur. Mes sens se dilataient totalement comme des fleurs nocturnes. Philippe m'attacha les poignets et les chevilles à chaque extrémité du lit ; ainsi écartelée, je ne pouvais être plus offerte, ma pudeur était forcée de capituler. Il quitta de nouveau la pièce. Que faisait-il ? Qu'allait-il chercher ? Avec quelles manigances allait-il me surprendre ? Il revint bientôt. Je fus saisie par la froideur de la glace sur mon ventre brûlant. Tous les pores de ma peau se rétractèrent sous le ruissellement glacial pour se rouvrir sous la tiédeur de la langue de mon amant. Ma peau respirait, affichait une nouvelle sensibilité. Le glaçon se faufila dans les ourlets de ma vulve et je sentis alors ma chair se gonfler et mon clitoris se durcir. Mes sens explosaient.

Le plaisir de Philippe à manipuler ainsi ma volonté était presque palpable. Il effleurait le seuil de mon vagin de son gland gorgé d'assurance. Je ne pouvais prévoir le moment où il se déciderait enfin à me prendre. Lorsqu'il jugea mon corps suffisamment allumé et que mes esprits erraient entre ciel et terre, il me pénétra d'un violent coup de reins, tel un bélier voulant conquérir le monde. J'étais, moi, conquise... Il soulevait ma taille, que je sentais si petite sous l'emprise de ses larges mains. Il s'enfonçait en moi dans un rythme saccadé et jaillit bientôt, dans le creux de mon ventre, sa semence.

□

Il m'arrivait parfois d'aller me faire masser, simplement pour le plaisir et pour retrouver ce nuage sous mes pieds après la séance. Pendant le massage, j'oubliais tout, j'errais entre deux étoiles. Il y eut cependant une exception. Cette fois-là, l'agitation n'arrivait pas à dériver hors de moi.

Anne m'avait parlé de l'une de ses amies massothérapeute, Sandra, qui, selon Anne, donnait d'excellents massages. Je pris donc rendez-vous avec cette dernière. Travaillant à son domicile, Sandra avait aménagé une pièce à cet effet, une petite chambre, tout de blanc décorée, qui était plongée dans la douce lumière des chandelles. Sandra, une femme d'environ trente-cinq ans à la peau très brune et à la chevelure noir d'ébène, était d'origine péruvienne, je crois. Elle était très belle, son teint exotique se démarquait nettement sur son sarrau blanc. Elle parlait peu mais son visage exprimait la bonté. Elle me laissa seule quelques minutes; je me déshabillai, ne gardant que ma petite culotte, puis m'étendis sur la table de massage.

Quand ses mains se posèrent sur moi, le blond duvet de ma peau se souleva et je fermai les yeux pour en savourer le doux frisson. Les mouvements de ses mains s'harmonisaient à la musique; elle effleurait ma peau, la palpait, la pétrissait, la caressait. De son toucher émanait une chaleur diffusée dans tout le corps. Elle se dépensait beaucoup à me procurer tout le réconfort possible mais il existait des frontières, des limites. Et je me trouvais, à ce moment, bien au-delà de ces barrières. Lorsque je me tournai sur le dos, elle me recouvrit d'un drap. Je n'osai pas lui avouer qu'en fait ce drap lourd comme du plomb m'étouffait; je n'osai pas lui dire non plus que j'avais envie de ses mains de femme et non de celles d'une massothérapeute. Mais ses gestes s'arrêtaient là où sa profession l'exigeait, sans jamais aller plus loin, trop près. J'étais animée non par l'excitation mais par le désir d'une plus grande intimité avec cette femme si belle.

C'est alors que me vint ce projet: «Je pourrais, moi, offrir plus!» Pendant des jours et des jours, je méditai cette pensée, explorant dans ma tête toutes les avenues possibles. Qu'avais-je à offrir, sans véritable formation ni expérience? L'idée pourtant m'enchantait, donner des massages résonnait à mes oreilles comme une musique très mélodieuse. Établir un contact chaleureux, intime avec les gens, leur apporter un soulagement, peut-être même du plaisir...

J'exposai mon idée à Philippe qui, sans retenue aucune, m'encouragea aussitôt. Je doutais un peu de mes capacités à prodiguer un réel bien-être, d'autant plus que je ne possédais aucune notion théorique. Mais mon ami, d'un mouvement de la main, balaya mes incertitudes. Il soutenait que j'étais en mesure de donner ce que le plus professionnel des professionnels ne pouvait octroyer. Au fond de moi, je le croyais aussi.

Entre deux pôles, celui des soins aseptisés et asexués des thérapeutes et celui, plus froid, du sexe vite expédié, existait une zone inexploitée où se trouvait précisément, pensais-je, ce dont les gens avaient le plus de besoin : un rapprochement, un échange plus personnel et moins pudique.

Deux semaines plus tard, je me décidai enfin à donner vie à mon projet. Je me mis à lire tout ce que je trouvais sur l'art du massage, puis j'emménageai seule dans un appartement où, dans l'une des pièces, j'installai la table de massage nouvellement achetée. Sobre et classique, la décoration de cette salle se voulait chaleureuse et apaisante. Je fis ensuite imprimer des cartes professionelles où on pouvait lire : « Massages personnalisés » et finalement, j'ai fait paraître une petite annonce dans un grand quotidien, usant des mêmes termes pour présenter mes services.

Je ne pouvais précisément imaginer la mise en scène d'une telle séance de massage. Mais je savais que tout pouvait arriver et que l'imprévu était bienvenu. D'autant plus que je choisissais de donner des massages pour combler de chair et d'émotions mon goût de l'aventure. J'offrais mon toucher, une écoute, une présence confortable pour mieux connaître les mécanismes de la nature humaine.

Le premier jour où parut mon annonce dans le journal, le téléphone n'a pas dérougi et il n'a pu reprendre son souffle que vers dix-neuf heures. J'étais assommée par cette masse d'appels mais fort excitée par le succès de mon projet quelque peu marginal. J'étais même surprise de l'aisance avec laquelle j'informais mes clients potentiels :

— Il s'agit d'un massage californien, essentiellement relaxant, très doux. Je travaille surtout au niveau de la circulation, des énergies. C'est un moyen très efficace de gérer le stress. La durée est d'environ une heure. Le coût ? Trente-cinq dollars. Oui, je fais ça chez moi, une pièce est aménagée à cette fin. Un rendez-vous ? Bien sûr...

De tous ces gens qui s'enquéraient de mes services, plusieurs sondaient l'aspect sensuel ou carrément érotique du massage, certains avec une certaine gêne et d'autres avec une totale assurance. Je leur répondais alors que le massage que j'offrais était en lui-même assez sensuel et que je n'étais pas fermée à l'idée d'aller un peu plus loin mais que nous pourrions en discuter sur place.

Je m'étais dit qu'après une première journée de travail, j'en ferais aussitôt le bilan. Si mon cœur ne pouvait supporter une telle pratique, je cesserais illico de faire des massages.

Mon premier client fut un homme d'une cinquantaine d'années, au visage un peu fermé, sans doute à cause de la gêne. Cela ne me facilitait pas la tâche puisque moi-même j'étais passablement nerveuse. Je me suis penchée sur son corps, j'ai fermé les yeux et ai laissé monter en moi, jusqu'au bout de mes doigts, un souffle chaud, un effluve électrique. Et j'ai laissé aller mes mains et mon inspiration aux accords d'un Kitaro enivrant. Des albatros aux ailes immenses valsant au-dessus des mers, des soleils fleurissant à l'infini, des paysages de montagnes déchirant les étoiles, des vallées creusées dans des profondeurs marines, toutes ces images imprégnaient chacun de mes gestes avec l'espoir qu'elles s'imprègnent également sur la peau de mon client. Une fois ce voyage corporel terminé, le visage de l'homme s'illumina, devint plus beau, en demilune.

— Comment vous sentez-vous?
— Bien, très bien. Tes mains sont très douces.

Deuxième rendez-vous: un grand, chauve, jovial, plutôt sympathique quoique un peu trop familier. Déjà je me sentais plus détendue. Il s'appelait Claude et travaillait comme infirmier. Après avoir bavardé un moment, je le laissai seul afin qu'il s'installe. Quand je suis revenue dans la pièce, il était assis sur la table, complètement nu. Un peu surprise, un peu gênée mais nullement dérangée, je lui dis qu'il pouvait s'étendre sur le ventre.

— Je ne voudrais pas t'embarrasser mais j'aimerais te poser une question : est-ce que tu masses aussi les parties génitales ?

— ... Oui, en fait je ne suis pas fermée à l'idée, ça m'arrive parfois de le faire. Est-ce que c'est ce que vous recherchez ?

— Oui, bien sûr, mais je suppose que ce ne sont pas les mêmes tarifs ?

Prise au dépourvu, je n'avais pas vraiment réfléchi à cette question. Je lui répondis qu'il pouvait me laisser comme bon lui semblait.

Les premières fois suscitent toujours l'inconnu et de l'inconnu découlent parfois la crainte et l'appréhension, mais j'ai été étonnée par mon aisance. Aucun tabou, aucun principe pour venir faire objection. Il m'était facile de caresser ce membre tendu de désir et je croyais profondément qu'il s'agissait d'un prolongement naturel au massage. Si frontière il existe entre la sensualité et la sexualité, elle ne se trouve que dans notre tête congestionnée par les préjugés.

Quand l'homme éjacula, j'ai fait glisser mes mains sur son abdomen afin de lui faire sentir l'intégrité de ma présence. Avec mes mains, je voulais lui dire que c'était bien, qu'il n'avait pas à se sentir gêné et que moi, je me trouvais parfaitement à l'aise. Je réalisais par cette expérience combien le toucher est un mode de communication aussi riche, sinon plus, que la parole.

— Ça paraît que ce n'est pas la première fois que tu donnes un massage. Tu as des doigts de fée, chère Sophie !

Claude repartit sereinement, me promettant de revenir aussitôt qu'il le pourrait. Avant de sortir, il déposa sur la table soixante dollars.

Tel que promis, je me suis interrogée et écoutée : légèreté et bonheur. Je me suis reconnue dans mon nouveau travail ; rien, aucun contre-courant ne m'empêchait de continuer ; je n'aurais pas à avancer à reculons, j'en étais certaine.

Deux mois déjà que je pratiquais mon insolite commerce et jusqu'alors je n'avais reçu qu'éloges sur ma gentillesse et la douceur de mon toucher. Je ne m'étais pas trompée, je nageais, passionnée, dans ces eaux riches en histoires variées, j'étais témoin de scénarios uniques, à chaque nouvelle personne rencontrée. Scénarios parfois émouvants et poétiques, parfois déplaisants, ennuyeux, parfois éprouvants, parfois carrément érotiques.

Avec Alain, par exemple. La première fois qu'il est venu, je fus agréablement surprise par ses vingt-sept ans qui abritaient une vitalité contagieuse et une effervescence à fleur de peau.

Malgré une attirance réciproque (ou à cause de celle-ci ?...) je n'ai pas réussi à lui donner tout ce qu'il désirait sans doute. Mais ses yeux qui m'avaient suivie sans relâche tout au long du massage me suppliaient d'aller plus loin. Il ne disait mot, n'a rien demandé ; nous en sommes donc restés là.

Au deuxième rendez-vous, la semaine suivante, son regard m'a, une fois de plus, intimidée au plus haut point. J'ai frôlé d'assez près le clair-obscur de son sexe, mais aucun de nous n'a joint à son désir une proposition clairement exprimée.

Attendre... L'attente comme une pièce infinie où les portes n'existent pas. Je me promenais nue, tard le soir, jusqu'à ce que le sommeil me fasse glisser dans l'inconscience libertine des rêves mouillés.

Puis un troisième rendez-vous, quatre jours seulement après le deuxième. C'était assez tôt le matin. Il affichait un drôle de sourire, avec l'air de quelqu'un qui, ayant pris son courage à deux mains, venait de prendre une grande décision.

— Aujourd'hui c'est moi qui vais te masser.

On interchangeait les rôles. Cela avait été proposé avec tant d'assurance que n'est même pas venue me chatouiller la moindre idée d'objection. À vrai dire, j'en avais chaudement envie. Mais j'ai tout de même tenu à conserver quelques menus obstacles : ma petite culotte et mon soutien-gorge. Barrières précaires, je le savais bien...

Je me suis étendue sur le ventre. Ses mains sur mon dos, d'abord hésitantes, ont vite pris confiance sous les ondulations presque imperceptibles de mon corps, devenu une mer modulée par un plaisir de plus en plus grandissant. Une tornade soudaine a ensuite arraché mes sous-vêtements. Il m'a retournée sur le dos, a tiré sur mes jambes pour porter à sa bouche ma dragée marine qu'il dévora, lapa, mordilla, suça. Sa langue électrique dansait parfaitement sur les parois inondées de mon con. Il tira un peu plus sur mes jambes et son gland lisse, rouge d'ivresse, plongea complètement, rageusement dans la houle de mon sexe. Calypso dément. Ma chair se fondait à la sienne et son regard au mien, sans détour, elliptique. Un dernier coup de butoir puis coula, sur mon ventre, sa lave blanchâtre.

Je savais, ou plutôt je sentais qu'il ne reviendrait pas. Tout s'était joué dans ce dernier acte et on ne pouvait rien y ajouter à moins de vouloir allonger ce « condensé » avec de l'eau de rose...

Je m'étais laissée submerger par ses élans physiques et je me suis mise à vivre sans plus tenir compte de mon travail. Et c'était très bien ainsi puisque c'est ainsi que je désirais le vivre. Mais dans le cadre du travail, certaines frontières demeuraient infranchissables. Les mains qui m'effleuraient doucement le dos, les seins ou les fesses, je les recevais, la plupart du temps, avec complaisance. J'offrais ainsi une présence entière, pour un moment, à l'homme que je massais. Mais si ces mains tentaient de s'insinuer par-delà mon respect, alors j'expliquais poliment la frontière entre mes faveurs et mon intimité. Généralement, ils comprenaient.

Généralement... Je me souviens de cet homme qui, à première vue, ne semblait pas du tout agressif. Mais à peine avais-je commencé à lui masser le dos que brusquement il se retourna et s'assit sur la table. Avant même que j'aie eu le temps de reculer, il m'empoigna par le cou et tenta de faire pénétrer sa langue dans ma bouche. Avec ses gros doigts, il tirait sur mon chandail. Je dus lui assener un violent coup de coude pour me libérer. « Espèce de petite salope, c'est juste ça que tu veux, te faire fourrer, hein ? P'tite salope... »

Je piquai une si vive colère qu'il partit en mau-
gréant et en me lançant les pires injures. Je tremblais
de peur. Cette rencontre me laissa avec un étrange
souvenir amer.

☐

Voilà que je tournais en rond dans l'appartement. Impossible de fixer mon attention sur quoi
que ce soit. Je ne pensais qu'aux dernières paroles
murmurées au téléphone par Philippe, quelques
minutes plus tôt :
— J'aimerais que tu restes chez toi, j'arrive
bientôt. Très envie de toi... envie de te soumettre
totalement. Tu ne pourras pas résister... Te faire
goûter de nouvelles sensations...
Ses mots comme un vent chaud, incontournable. Un vent comme ceux qui planent au-dessus
des volcans avant leur éruption... Philippe était
imprévisible et ses désirs, innombrables. Bien sûr, il
s'agissait d'un jeu, mais j'y mettais tant de cœur...
Ses pas dans l'escalier, lourds et sonores, déter-
minés. Il cogna vigoureusement sur la porte avec
son poing.
— Ouvre !
Une envie d'aller me cacher. J'étais troublée à
l'idée de ce qui m'attendait. Terriblement excitée.
J'allai ouvrir. Il me bouscula pour entrer au
salon. Son regard s'arrêta sur moi. Il me jaugea des
pieds à la tête, un sourire mauvais au coin des lèvres.
Il n'y avait plus d'équivoque : j'allais passer un bien
mauvais quart d'heure.

J'ai voulu fuir vers la cuisine mais il m'attrapa solidement par le bras et tira mes cheveux vers l'arrière.

— Où vas-tu comme ça, hein ? Tu ne peux pas fuir, ma belle.

Il allait me prendre de force et moi j'essaierais de lui résister, de le provoquer.

M'empoignant toujours par les cheveux, il se débarrassa de son chandail puis m'amena jusqu'au divan où il me poussa vulgairement. Recroquevillée, frémissante, je le guettais. Il sortit d'un sac une corde très longue puis releva la tête vers moi.

— Tu bouges trop, tu n'es pas obéissante. Je vais t'attacher. Comme ça, je pourrai abuser de toi à ma guise.

Lorsqu'il se pencha sur moi, je tentai de me débattre mais il me maîtrisa sans trop de peine, s'assoyant sur mon ventre, mes bras sous ses genoux. Les petites gifles qu'il porta à mon visage ne se voulaient pas douloureuses mais simplement humiliantes. Son sang-froid ajoutait à l'outrage.

Il déboutonna ma blouse et s'attaqua à mes seins, en agaça la pointe avec un doigt mouillé de salive. Puis il roula ma jupe sur mes hanches et s'enquit du degré de mon excitation en introduisant un doigt dans ma chatte. Immergée d'émoi.

Il se releva après m'avoir longuement caressée et j'en profitai pour l'accabler de quelques coups dont un plutôt rude en plein visage. J'étais exaltée, emportée non seulement par le plaisir mais par la colère qui m'envahissait. Le calme pervers avec lequel il se divertissait en se servant de moi me semblait une offense et je me sentais mise au défi de l'émouvoir.

Il me réagrippa par les cheveux, annulant ainsi mon reste de résistance. Il me coucha sur le ventre, termina de me dévêtir et se dégagea lui-même de son pantalon. Assis sur le divan, il me tira sur ses genoux et me prodigua une fessée que ni mes cris ni mes supplications n'interrompirent. Alors que je me débattais tant bien que mal, il enfonça un doigt entre mes fesses, ce qui eut pour effet de me mobiliser complètement.

— Tu es soumise, maintenant. Tu ne peux plus rien faire... je suis beaucoup plus fort que toi, toi tu es toute petite et tu n'y peux rien.

Son doigt dans mon anus commença un léger va-et-vient qui s'accéléra de plus en plus. Cette agitation me fit perdre toute retenue et, cédant à la puissance de la sensation, je m'abandonnai, complètement. Mon corps se mouvait de façon obscène, sans pudeur aucune. Quand Philippe s'installa derrière moi et me pénétra, je me sentis remplie, comblée, avec son doigt qui s'agitait dans mon cul et un autre dans ma bouche. Prise par tous mes orifices, j'étais possédée jusque dans mes moindres replis, je laissais libre cours à mes instincts les plus primaires. Possédée jusque dans mon cœur où tous les vaisseaux se rejoignaient pour y canaliser ces moments de volupté.

Enlacés, nous écoutions en silence retomber les cendres de notre flambée charnelle. Je fus touchée au plus profond de moi-même, remuée, atteinte bien au-delà de toutes mes citadelles. J'ai pleuré un moment. Larmes réflexes, comme un trop-plein d'émotions.

Je comprenais mieux désormais ce manque de stimulation dont mon ami me parlait et je comprenais aussi que c'était à moi de provoquer des situations suffisamment intenses d'où je ressortirais animée d'une nouvelle vitalité. Il me fallait donc rechercher ce par qui ou par quoi mon feu serait amplifié, afin de pouvoir communiquer le meilleur de moi-même.

☐

Après trois semaines d'absence, Charles paraissait sincèrement heureux de me retrouver. Du Mexique où il avait dû se rendre pour négocier l'importation de machinerie agricole, il m'avait rapporté quelques bijoux et d'autres cadeaux artisanaux.

Quelques minutes avant son arrivée, j'avais enfilé le sarrau blanc qu'il m'avait donné un mois auparavant, des bas cuissards et des sous-vêtements de soie blanche.

Il sembla satisfait lorsqu'il m'aperçut. Il me raconta quelques épisodes de son voyages où hélas, soupira-t-il, il n'eut guère le temps pour des excursions touristiques.

Son café terminé, il me suivit dans la salle de massage. Ce qu'il désirait? Que des effleurements suggérés par ma sensualité, des caresses provocantes. Il ne me quittait pas des yeux, m'observait, glissait son regard dans les ombres de mon décolleté, dessinait avec ses mains les courbes de mon corps. Puis doucement, graduellement, je défis les boutons de mon sarrau et je me penchai un peu afin qu'il respire la chaleur de ma peau, l'effleurant de mon ventre. Mes doigts caressaient ses testicules et, en penchant un peu la tête, mes cheveux glissaient sur son sexe. Alors je me déshabillai complètement et nous avons inversé les rôles. Avec autant de délicatesse que s'il eût joué de la harpe, il me massa, ses gestes toujours empreints d'un respect solennel. Puis il se recoucha, ferma les yeux et se laissa transporter dans les dernières sphères de l'ivresse, savourant cette sensation irrésistible de ma main enduite d'huile sur sa verge convulsive.

Délicieuse commotion. Ma main sur son cœur, témoin de cette vie palpitante, sensible, vulnérable. Une main sur son cœur, un baiser, un regard. Authentique moment de complicité. Pas un mensonge, pas une illusion. Si parfois je devais afficher une cordialité un peu affectée, à d'autres moments l'honnêteté évidente des échanges entre le client et moi m'emplissait de bonheur et me faisait bénir le ciel de pouvoir exercer un si beau métier. Comme avec Charles, par exemple. Je l'appréciais beaucoup, le trouvais charmant, gentil et respectueux. La centaine de dollars qu'il me donnait toujours représentait pour moi une marque d'appréciation.

Comment calculer la valeur monétaire des services «humains» que je rendais? Cela n'était guère évident, surtout lorsqu'il n'existe aucun modèle, du moins que je connaissais, sur lequel m'appuyer.

Lorsque j'ai commencé à donner des massages, j'avais établi un tarif de base, soit trente-cinq dollars pour une heure de détente «chaste». Mais à présent, tous les massages que je prodiguais étaient agrémentés d'une aura sensuelle, ma technique devenait plus caressante et moi, plus cajoleuse, plus intime. Je ne savais plus ce que je devais demander comme tarif, n'ayant aucune idée d'un prix justifiant mes services. Je laissais donc libre la personne de juger de la valeur de cette heure passée avec moi.

À coup de quarante, soixante, cent dollars, j'ai réalisé un jour que le coût attribué à mes faveurs variait selon les gens, leur situation financière, leur générosité ou leur avarice. Mais ce que j'offrais, c'est-à-dire ma présence rehaussée des meilleures intentions, ne changeait pas selon le jour ou la personne à masser. Je devais donc déterminer moi-même ce que je valais, sans pour autant fixer une grille rigide. Ce n'était plus aux gens de déterminer le coût de mes services. Bien sûr, pour certains, cinquante dollars signifiaient une fortune et ils me regardaient avec de l'or dans les yeux ; cela me touchait infiniment mais je finissais par me sentir lésée car ce que j'apportais à ces gens sur le plan affectif et sexuel n'équivalait pas à ce que, eux, ils me donnaient en échange. Il devait donc exister une compensation raisonnable, afin de sauvegarder un juste équilibre. Et puis j'avais des ambitions, des rêves...

Mes rêves... Voyager d'un pays à l'autre comme on le fait de village en village, multiplier les escales tout en sachant qu'à Montréal ou à San Francisco, une maison se parfume toujours de moi. Écrire, l'esprit libre de tout souci matériel... M'épanouir en empruntant les voies que je considère les plus profitables, et si ces chemins bifurquent vers une certaine forme de dissidence, ne jamais en être victime.

Bien sûr, l'idée de payer mon loyer ne me préoccupait plus ni celle de planifier un budget pour mes loisirs, de petits voyages ou des vêtements. Tout cela, je l'appréciais et jugeais ma situation particulièrement privilégiée mais cela ne suffisait pas à combler mes rêves qui, me semblait-il, se multipliaient à n'en plus finir jusqu'à se perdre dans un trop lointain avenir. Visiter le plus grand nombre de pays possible, acheter ce deltaplane tant convoité, assister à plus de concerts, de spectacles... Nul doute que si l'argent avait été ma motivation première, je serais parvenue plus rapidement à réaliser tous ces rêves, mais au détriment d'une qualité de vie que je n'étais pas prête à hypothéquer.

☐

Il arrivait souvent qu'un client me propose un scénario bizarre dans lequel il m'invitait volontiers à partager la vedette. Avec délicatesse, je repoussais toujours ces offres, prétextant que mes fantasmes se limitaient uniquement à l'état amoureux.

Mais il m'est arrivé d'accepter certaines propositions. L'une d'elles provenait d'un homme d'affaires d'une quarantaine d'années possédant un certain charme et dont la courtoisie me plaisait. J'étais sensible à son intelligence et à son humour subtil, que j'avais pu apprécier après quelques rencontres. Nous prenions beaucoup de plaisir à discuter ; il me parlait de sa femme, si belle, si extraordinaire, avec qui il vivait depuis bientôt onze ans, de leur vie commune qu'ils épiçaient d'expériences partagées mutuellement, en toute confiance.

— Cela demande une grande ouverture d'esprit et beaucoup d'amour...

— C'est vrai, je l'aime beaucoup... Et tu sais, je t'aime bien, toi aussi. Je suis persuadé que vous vous entendriez bien, toi et ma femme. Tu pourrais peut-être la rencontrer ? As-tu déjà eu des rapports intimes avec une femme ?

Je lui avouai mon inexpérience mais je lui confiai aussi que j'avais très envie de vivre une telle aventure. Claude me raconta l'attirance que sa femme, Josée, éprouvait pour d'autres femmes : elle entretenait avec une ou deux amies des rapports très intimes. Il me suggéra, si j'en avais envie, une rencontre avec Josée, pour une séance de massage à laquelle il assisterait, lui aussi. Je ne devais accepter que si j'en éprouvais vraiment l'envie. Il avait déjà assisté et même participé aux ébats de sa femme avec l'une de ses amies et il adorait voir Josée caressée par une autre femme. Un spectacle, selon lui, débordant de suavité et de sensualité.

J'acceptai cette proposition, surtout parce qu'elle venait de sa femme, Josée. C'est elle qui avait eu l'idée de cette rencontre à trois, c'est elle qui désirait être massée par moi, c'est elle qui souhaitait que Claude y assiste comme spectateur.

Jusqu'où ma soif d'expériences allait-elle maintenant m'entraîner ? Qu'allais-je éprouver ? Comment réagirais-je ? Qu'importe si mon ignorance occasionnait un peu de nervosité et d'anxiété, j'allais vivre de nouvelles sensations, me confronter à une situation inusitée. Explorer : plus qu'un mot excitant ; c'est le programme d'une vie, son sens, ses limites, son pouvoir, ses battements. Explorer au-delà des évidences, des constructions sociales. Au-delà même de ce que je suis, aujourd'hui. Apprendre, comprendre, pour n'en plus jamais finir avec la passion. La passion à bout de bras, le feu dans la mer, la tempête au cœur de la terre.

□

Avec ses longs cheveux roux et bouclés et son visage parsemé de taches de blé, elle ressemblait plus à une jouvencelle qu'à une femme de trente-quatre ans, avocate de profession. Sa peau très pâle semblait aussi délicate que la soie. Malgré une certaine tension, je posai mes mains sur elle et ma nervosité, aussitôt évaporée, fut relayée par un sentiment beaucoup plus trouble. Une excitation très diffuse, à peine perceptible, plutôt un état de reconnaissance de ce corps dont la chaleur toute féminine ne m'était pas étrangère. Comme un souvenir oublié remontant le cours du temps.

Mes mains la parcouraient et ses traits se crispaient légèrement lorsque je frôlais ses seins, petits et fermes. Josée regardait Claude, suppliante, comme si elle voulait qu'il la délivre de l'excitation qui peu à peu la gagnait. Ce dernier, assis sur une chaise, se branlait, accordant son rythme aux effleurements que j'effectuais sur sa femme. Mes doigts se promenaient sur le pourtour de son sexe et je pouvais sentir la chaleur mielleuse de son con. Josée écarta ses cuisses, offrant à Claude la vue de ma main caressant son clitoris en de légers mouvements circulaires, le spectacle d'un corps succombant dans des spasmes impudents.

Sur le point de jouir, Josée me regarda si intensément qu'un frisson brûlant me fit tressaillir. Je glissai un doigt dans son vagin et je pus sentir la respiration saccadée de son sexe. Claude, lui, donnait libre cours à l'émergence de son désir, les yeux clos, les traits détendus. Le temps semblait s'être arrêté et c'est Josée qui le réactiva en me décochant un clin d'œil mutin qui me fit rire et qui eut pour effet de dissiper le léger malaise qui planait dans la pièce.

Badinage frivole, délesté de tout sérieux, échanges de regards empreints d'émotions non encore assumées.

Nous nous séparâmes avec l'intention de nous revoir.

☐

Le lendemain je décidai de prendre congé. Je n'avais tout simplement pas la tête à donner des massages. J'essayais d'être à l'écoute de mes sentiments, préférant me ressourcer par le biais d'activités différentes plutôt que de risquer de perdre le feu sacré que j'éprouvais pour mon travail. Lorsque je travaillais, je terminais mes journées en fin d'après-midi ; il était rare que je recevais des gens passé dix-huit heures, préférant sortir ou tout bonnement demeurer à la maison à laisser le temps s'écouler pour moi seule.

Je m'apprêtais à quitter l'appartement lorsque le téléphone sonna. Au bout du fil, Richard. Marié, père de deux enfants, Richard, pauvre et malheureux. Prestataire d'assurance-chômage depuis cinq mois. Il était totalement abattu. Le soir, lorsqu'il rentrait à la maison, avec en tête les refus des nombreux employeurs visités, les longs soupirs de sa femme le plongeaient dans un total découragement. Petite vie faite d'ennui, petit cadre familial où l'on jouait du coude en gueulant en silence.

Percevant, dans sa voix, le désespoir et sentant son insistance, j'acceptai de lui donner rendez-vous.

Dans sa sensibilité mise à nu sous mes caresses, il éjacula de petites larmes amères mais pleines de reconnaissance. Il jouissait de sa misère éclatée dans mes paumes ; dans ses yeux, l'orgueil étouffé, la soumission. C'est presque en me suppliant qu'il me demandait d'être son amie, sa maîtresse, son plaisir, son refuge. Les couleurs avec lesquelles il me parait étaient extravagantes et il paraissait tout ébloui de ce soleil dont il m'auréolait.

C'est avec peine que je tentai de me défaire de ma couronne divine. Cela eut pour effet de le

ramener sur terre. Et c'est les épaules un peu voû-
tées qu'il repartit, en s'excusant, honteux de ses
fabulations.

Un filet de tristesse m'a envahie mais j'éprouvais
surtout de la colère contre cet homme qui ne réa-
gissait pas devant ses difficultés, qui acceptait ses
misères le dos courbé devant le féroce dictateur que
représentait pour lui son pauvre destin.

La frontière entre ma vie privée et mon travail
était si précaire que j'avais souvent l'impression
d'être une funambule marchant sur la corde raide,
constamment en recherche d'équilibre. Mais c'est
moi qui, en quelque sorte, avais choisi cette pré-
carité. Dresser des murailles de béton, délimiter mes
services en actes clairs et précis calculés à la cent près
ne m'intéressaient pas. C'est, au contraire, la
subtilité des rapports que j'entretenais avec mes
« clients » qui me fascinait le plus. Jeux de nuances,
d'interprétations. J'aimais l'intuition, l'appel aux
sens. Mais je ne voulais pas servir de soutien pour les
cœurs esseulés, pour des hommes susceptibles de
refroidir mes ardeurs. Je ne désirais pas entreprendre
de descente dans des profondeurs intimes avec des
gens qui ne pensaient qu'à combler leurs propres
besoins et ce, sans retour.

Pourtant c'est avec l'un de ces clients que
j'effectuai une descente dans ce sanctuaire que je
croyais sacré, réservé.

Je m'étais dit que le plaisir extrême ne viendrait
que par moi-même, jamais au cours de relations
sexuelles avec quelqu'un d'autre. C'est ainsi que

j'établissais les frontières de ma solitude. Mais si quelqu'un réussissait à franchir les murs de cette enceinte presque mystique, c'est qu'il y aurait immanquablement une communion extraordinaire, un échange porteur de sentiments non encore ressentis jusque-là.

Désillusion totale lorsque l'« événement » se produisit, hors de toute poésie et même de désir. Lors d'une séance de massage, un homme que j'avais déjà quelques fois rencontré, un homme tout à fait ordinaire, m'offrit, moyennant une somme considérable, de le laisser me boire. J'ai d'abord refusé puis, oui sûrement un peu pour l'argent mais aussi un peu par curiosité, j'ai fini par accepter sa proposition. Comment mon corps allait-il répondre ?

Je me suis étendue sur la table et j'ai laissé cette langue chaude et gourmande s'emparer de mon sexe. Puis j'ai fermé les yeux pour me concentrer exclusivement sur les sensations, oubliant même celui qui était penché à la source, un homme de soixante-dix ans au crâne parsemé de quelques cheveux blancs, aux rides comme des rigoles profondes, à la peau couverte de taches brunâtres. Un homme, un grand-père, mais un homme surtout. Il m'était facile d'oublier cet homme pour qui je ne ressentais rien, dont l'intérêt m'importait peu.

Sans entrave aucune, des lames de plaisir ont foudroyé ma chatte, réceptacle sensible, se répercutant jusque dans ma tête. L'orgasme a éclaté comme une ondée, laissant ruisselants de cette pluie orgasmique les pétales délicats de mon sexe. Orgasme que j'ai subi discrètement, en silence, parce que curieusement j'éprouvais un peu de honte et de gêne, comme si de m'être laissée aller avec cet inconnu me rendait plus vulnérable face à lui. Avec ceux que l'on aime, aucun problème, mais pas avec n'importe qui.

D'entretenir une certaine mystification au sujet de la jouissance était certainement assez séduisant pour un esprit romanesque tel que le mien mais, d'un autre côté, cela pouvait aussi me nuire et m'empêcher de me délecter du plaisir réel, celui de la chair et des os. Mon corps a bel et bien joui, mais de façon mécanique, machinalement, sans ces émotions qui rehaussent et magnifient tout ce que le corps peut dire ou faire par habitude. C'est pourquoi, probablement, je ne pourrais offrir mon corps à l'appétit de n'importe qui, sans perdre l'harmonie recherchée entre la chair et l'esprit.

Ainsi, lorsque avec ses mains trop acharnées l'homme n'usait ni de respect ni de politesse, je n'hésitais pas à faire preuve de fermeté pour évincer cet intrus. Bien sûr, quelquefois j'ai eu la frousse, mais jamais je ne m'étais sentie vraiment menacée, jamais je n'avais connu la pointe glacée de la violence abusive. Jusqu'à ce jour...

C'était la seconde fois qu'il prenait rendez-vous mais c'est seulement lorsque je le vis que je me souvins de lui. J'avais oublié cette première rencontre, banale, j'avais oublié ces traits ni beaux ni laids, tout à fait ordinaires. J'avais oublié cet homme plutôt apathique. Son côté flegmatique ne me plaisait pas, mais il était devant moi, alors...

J'attribuais son mutisme à la timidité ou simplement au besoin de silence pour mieux se détendre. Néanmoins, un curieux malaise me parcourait l'âme. Malgré mes efforts pour dénouer ses tensions, celles-ci persistaient et semblaient même s'amplifier tout au long du massage, comme si cette résistance dépendait non de ses muscles mais de son esprit. Quand cet homme dont j'ai oublié le nom se tourna sur le dos, il a regardé aussitôt son membre inerte, a froncé les sourcils, puis son regard s'est porté sur moi.

Soudainement je me suis rappelé notre premier rendez-vous. Il allait me demander si je voulais me déshabiller.

— Est-ce que tu veux enlever tes vêtements?

— Non, je ne veux pas.

— Je ne te toucherai pas, je veux juste te regarder.

Je refusai une seconde fois, m'attendant à ce qu'il se taise comme la première fois jusqu'à la fin du massage et qu'il reparte sans mot dire. Mais cette fois il insista:

— J'te mangerai pas! Je veux juste te voir, joue pas à la sainte-nitouche!

S'appuyant sur son coude, il me dévisageait; son visage était secoué d'un drôle de rictus. Je remarquai alors que son sexe s'était soudainement mis à battre et c'est à ce moment que je sentis au-dessus de ma tête une lame glacée.

— Écoute, si ça ne te convient pas, tu n'as qu'à te rhabiller et à t'en aller. D'accord?

Je tournai le dos pour quitter la chambre mais brusquement je ressentis la lame éclatant en mille morceaux sur mon corps. D'un seul bond il me rejoignit, me prit à la gorge, étouffant mes cris et m'entraînant vers l'arrière. Il n'était pas vraiment plus grand que moi mais il était plus costaud, et exalté par une agressivité évidente.

Je tombai sur le sol, les épaules collées au plancher. Dans ma tête, une tempête de pensées débridées.

— Petite salope, je vais t'avoir, je vais te défoncer... J'suis un vrai homme, tu m'entends? Un vrai homme et toi, une petite pute...

Il criait dans mes oreilles et l'écho de ses cris se répercutait au plus profond de moi. Il baissa mon pantalon. D'une main j'agrippais ma petite culotte et de l'autre je tentais de me libérer de son étreinte. En vain. Sa queue, comme un tranchant bien aiguisé, me cisailla les entrailles, me déchira le ventre tandis qu'il me tenait solidement au sol, sa bave brûlant ma poitrine.

Larmes silencieuses, amères et salées, empreintes de tristesse et de rage. J'ai fermé les yeux, je suis partie, très très loin... Quand j'ai rouvert les yeux, l'homme finissait de se rhabiller en vitesse et, sans me lancer le moindre coup d'œil, il jeta des billets sur la table avant de sortir précipitamment pour retourner dans son gouffre.

Quand je repris possession de mon corps, j'éprouvai une douleur cuisante entre les cuisses. Je tremblais. J'étais désorientée, perdue au milieu d'émotions troubles. Je ne sais combien de temps je demeurai ainsi prostrée. Un peu plus tard, je réussis tout de même à retrouver mon chemin vers mon amie Anne. Dans ses bras, les tremblements cessèrent peu à peu et ce sentiment de honte causé par l'agression, par la violation des résistances, s'évapora graduellement.

Je ne me souviens plus des images qui déferlaient en moi pendant que l'homme me violait. Je ne me souviens pas non plus du nom de cette émotion qui me ramena loin en arrière. Une émotion forcée, qui me faisait violence, qui me troublait et m'imposait des visions qui m'échappaient.

Je sais seulement qu'il est possible de se détacher complètement de son corps. Cela peut se faire sans effort, aussi brusquement que si l'on avait coupé un fil quelque part. Là où se trouve le véritable effort, c'est lorsque l'on doit reprendre possession de ce corps, le réhabiter.

L'estime que je ressentais pour mon travail fut pendant un certain temps réduite au minimum et je dus prendre congé, le temps pour moi de rassembler les morceaux dispersés. Mais cet homme vindicatif ne représentait pas TOUS les hommes. S'il avait abusé de mon corps, il n'avait par contre qu'à peine entamé mon intégrité. Bien sûr, pendant quelques jours, je me suis sentie souillée par la bêtise humaine contre laquelle je n'avais su, je n'avais pu me débattre. J'étais humiliée d'avoir été le réceptacle de tant de frustration et de colère. Mais j'avais décidé de ne pas demeurer isolée. Mon amour, ma passion, ma tendresse pour les hommes existaient toujours et je réprouvais toute idée de vengeance.

J'ai tenté tant bien que mal d'oublier ce triste épisode et même de m'en servir pour mieux connaître l'âme humaine. Je savais désormais comment réagir aux chamboulements émotifs et préserver mes espoirs.

□

C'était la première fois que l'empreinte du plaisir sur un visage me dégoûtait. Cet homme me regardait en murmurant combien c'était bon. Son corps excité ondulait à la manière d'un reptile. Il passait et repassait sa langue sur ses lèvres figées dans une grimace repoussante. Ce tableau pourtant si familier dans mes fonctions m'apparut grotesque, ce jour-là.

J'essayais d'imaginer autre chose, pour me changer les idées, mais le visage de l'homme me ramenait à la triste réalité. Tout en lui me rebutait, sa façon de bouger, son odeur, ses paroles : il me disait qu'il aimerait me faire l'amour. En entendant ces mots, j'ai failli pleurer.

Combien de fois me l'avait-on répétée, cette phrase ? Des dizaines, des centaines de fois. Mais chaque personne avait sa façon bien personnelle de la dire. En l'entendant, j'étais parfois flattée ou émue, distante ou indifférente, ou simplement découragée. Mais ce jour-là, je me sentais triste et particulièrement vulnérable.

L'homme se leva sur son coude, repassa sa langue de serpent sur ses lèvres tuméfiées et tendit

une main vers mes seins pour les toucher, les tritu-
rer, les palper comme on palpe la viande pour savoir
si elle est fraîche. Je l'ai prié de ne pas me toucher,
que mes seins étaient sensibles. Malgré cela, il insista
et je dus lui demander plus fermement de ne pas me
toucher. Mais il continua ; je repoussai vivement sa
main et dus lui révéler que je m'étais fait agresser
récemment et qu'il devait donc comprendre... Rien
n'y fit. Il ne comprenait pas, il ne comprenait rien
que sa main qui voulait toucher ma poitrine. Quand
cette dernière fouilla de nouveau sous mon soutien-
gorge, sans plus de retenue j'ai pleuré. J'avais vraiment besoin de vacances !

☐

— Tu pourrais venir passer quelques jours chez
moi. Je devrai travailler mais tu pourrais demeurer à
la maison, je te donnerais des idées de trucs à faire et
le soir on pourrait s'organiser quelque chose,
qu'est-ce que t'en dis ?

Cette invitation tombait pile. J'avais besoin de
me changer les idées. Presque un mois après ma
rencontre avec Claude et Josée, cette dernière me
proposait de passer une semaine avec elle ; Claude
devait partir à l'extérieur de la ville et elle avait envie
de mieux me connaître. Toute motivée, sa voix avait
quelque chose de musical, une petite musique
entraînante. J'acceptai son invitation.

Les cinq premières nuits, nous les avons passées
seules toutes les deux, dans une atmosphère qui
invitait à l'intimité et à la douceur. Nous étions

allongées dans le lit, sa main se glissait dans la mienne et nous restions ainsi étendues à nous raconter... Je me sentais bien, je parcourais son corps en aveugle et je sentais ses eaux se fondre aux miennes. Une femme!

Même si cette expérience spontanée, celle de deux sensualités féminines se retrouvant côte à côte, alimentait mon besoin de tendresse, elle ne comblerait jamais mon besoin des hommes. Entre femmes n'existent pas ces confrontations parfois agressives que l'on retrouve entre un homme et une femme. Confrontations que je jugeais nécessaires à l'épanouissement, à la croissance et à la confirmation de mon identité sexuelle. Besoin de complémentarité masculine. Besoin de cette fureur animale, besoin de me faire prendre, posséder. Besoin d'introduire mes charmes, ma sensibilité auprès des hommes au caractère généralement plus « anguleux ».

Durant la journée, je me promenais d'un musée à l'autre, admirant les expositions proposées par Josée, et le soir, lorsque celle-ci rentrait de sa journée de travail, cafés, théâtre, promenades dans les ruelles des vieux quartiers alimentaient agréablement nos loisirs. Douce errance dans les méandres d'une complicité naissante. Et moi qui habituellement n'avançais dans mes amitiés qu'à petits pas feutrés, voilà qu'avec Josée je marchais allégrement dans sa maison, parfois toute nue, avec la familiarité commune aux relations de longue date. Elle me parlait de sa carrière, des enfants qu'elle désirait, de Claude, de leur rencontre, de leur amour.

— Nous essayons toujours d'aller vers ce qui semble bon pour nous, qu'il s'agisse d'une situation ou d'une personne. Je pense qu'aimer signifie rechercher le bonheur de l'autre. Ça paraît simple à dire mais ce n'est pas toujours évident à vivre. Il m'est arrivé d'être jalouse d'une femme avec qui Claude était plus près et inversement, mais lorsque cela arrive, nous en parlons et nous essayons le plus possible de rechercher nos intérêts communs. Prends toi, par exemple. Je suis bien contente de te connaître aujourd'hui. Claude m'avait parlé de toi et j'étais curieuse de savoir qui tu étais. C'est aussi une façon de me rapprocher de Claude, de mieux le comprendre.

Elle posa plusieurs questions sur ma vie privée, mon travail, mes projets, et nous discutions ainsi parfois jusqu'à très tard le soir. Tout en la massant, je lui racontais mes ambitions et mes rêves et elle souriait devant tant de volontarisme qui pouvait sembler bien naïf à ceux qui ne me connaissaient pas.

— C'est complètement fou, aussitôt qu'on dit avoir des rêves, qu'on y croit sincèrement et que l'on est convaincu qu'ils se réaliseront, les gens appellent ça de la naïveté ou de l'innocence !

Nos rapports étaient empreints d'une douce sensualité, mais je ne me sentais pas très hardie sexuellement car j'étais encore un peu timide. C'est Josée qui me faisait chanceler... La première fois, elle proposa de me masser. Je m'étendis sur le ventre. Assise sur mes fesses, elle me caressa le dos, le cou, les cheveux. Je pouvais sentir la pointe de ses seins sur ma peau. Ses lèvres se posèrent sur ma nuque, sur mes oreilles et elle me murmura : « Je veux que tu te laisses aller, que tu te laisses faire. » Sa bouche poursuivit ses incursions jusqu'à mes fesses puis sa langue prospecta l'intérieur de mes cuisses, y déchargeant des frissons électriques qui remontèrent le long de ma colonne vertébrale. Elle me demanda de me retourner, ce que je fis aussitôt, et elle s'installa, assise sur le bas de mon ventre. Elle me regardait dans les yeux, souriante elle semblait vouloir me dire : « T'en fais pas, je te prends en main. » Les dernières résistances cédèrent. Elle se pencha de nouveau sur moi et m'embrassa. J'éprouvai un besoin irrésistible de la toucher, moi aussi ; je laissai mes mains s'emporter sur sa peau aussi lisse qu'une pêche.

Cascatelles de caresses, sans rage ni violence, aussi douces qu'une mer calme.

Au sixième jour, Claude arriva alors que Josée et moi étions dans le bain. Étant au courant de ma présence chez lui, il ne parut pas surpris de me trouver dans l'eau en compagnie de sa femme. Au contraire, il approuva d'emblée notre amitié commencée depuis près d'une semaine, souriant au tableau qu'on offrait, sans doute très évocateur.

Il se retira dans le salon, où nous l'avons rejoint peu après. Josée alla se nicher dans ses bras et pendant le déferlement des « je-suis-content-que-tu-sois-là », je me suis sentie de trop, ou plutôt spectatrice indiscrète de ces effusions de tendresse.

Pendant un instant j'eus envie de partir mais ce sentiment se dissipa tranquillement au cours de la soirée. Ils ne voulaient surtout pas que je me sente gênée de me retrouver au milieu d'eux. Je réalisai qu'ils étaient très près l'un de l'autre. Seul le temps pourrait faire en sorte que je sois, moi aussi, très près d'eux. J'en avais très envie car il s'agissait de personnes qui, j'en étais certaine, pourraient contribuer à mon enrichissement personnel.

Lorsque vint le temps d'aller nous coucher, ils firent en sorte que je sois placée au centre. Allongée entre cet homme et cette femme, je pensai à ces fantasmes que j'avais de trio survolté par d'innombrables sources de plaisir ; mais je n'éprouvai à ce moment qu'un léger murmure d'excitation. Rien à voir avec mes délires fantasmagoriques. Claude et Josée, sans brusquerie aucune, s'attardaient frivolement sur mon corps pendant que nous bavardions. Je finis par m'endormir sans m'en rendre compte, avec l'agréable sensation que mille papillons effleuraient ma peau.

Le lendemain, nous avons passé la journée entière sur les plaines, à nous restaurer de concerts en plein air jusqu'à ce que la pluie nous oblige à rentrer. Plus tard, je sui retournée chez moi, à cent quatre-vingts kilomètres de là. On s'est embrassés, on s'est étreints, on s'est promis de se rappeler ; le reste s'est dit dans le silence.

Sur le chemin du retour, je fis le bilan de ces derniers jours. J'étais satisfaite. Ce début de relation pouvait servir de tremplin à de nouvelles expériences passionnantes. Il était sans doute possible de vivre ses fantasmes, de leur faire franchir le seuil de l'imaginaire, mais il fallait être préparé.

☐

Objet de fantasme, je l'étais sans doute pour quelques-uns de mes clients ; pour William en tout cas.

Celui-ci venait régulièrement, presque chaque semaine, préférant le soir, me disait-il, pour le voile de poésie qu'il déposait immanquablement sur le monde, pour le bruit et les couleurs qui mystifiaient toute chose. Poète en retraite de la vie active, il vivait dans un monde où je personnifiais, pour lui, la beauté. « Comme un rayon de lune », m'affirmait-il. Il suffisait que je me dénude et que je m'étende sur le divan pour que battent à ses chevilles de petites ailes diaphanes. Au début, je croyais avoir affaire à je ne sais quel énergumène désaxé. Ses quelques cheveux qui se débattaient contre la loi de la gravité, son regard perçant constamment ébahi et ses vêtements dans lesquels se perdait un corps chétif lui donnaient l'apparence d'un évadé d'une institution quelconque ; ce qu'il était peut-être...

Photographe de métier — il était sans doute prédestiné à ce métier s'il faut en croire les deux objectifs qui lui tenaient lieu de yeux —, je ne fus guère surprise le jour où il se pointa avec sa caméra. Son air bon enfant, malgré ses soixante et onze ans, éloignait toute méfiance et il me jura qu'il me montrerait toutes les photos et qu'il les garderait pour lui seul.

— Tourne-toi un peu plus... oui c'est ça. Penche la tête... écarte cette cuisse, oui c'est bien, c'est bien.

Il se trémoussait autour de moi, virevoltait tout en m'imposant des poses sur lesquelles il s'arrêtait soudain de bouger pour les méditer très sérieusement. Il posait une main sur son pantalon et se grattait l'entrejambe comme si cela devait l'aider à réfléchir et je réprimais mal une envie de rire. Lorsque, finalement, je pouffais de rire, il me regardait l'air surpris, semblant ne pas comprendre la cause de mon amusement.

Complètement nue, de dos, couchée, assise sur le sol ou sur mon lit. Debout les bras tendus vers la pôle de la douche, ou prenant mon bain... Je m'amusais à jouer les modèles sous les flashs électriques et l'ombre rassurante d'une personne qui me vouait une admiration inconditionnelle. Derrière l'œil de sa caméra, mon image, telle une apparition, intouchable, éthérée, presque mystique, semblait beaucoup l'exciter. Je m'abandonnais à mon rôle d'exhibitionniste, révélant par petites touches mon intimité, dévoilant les plis secrets de mon sexe, déployant les pétales rosés de ma vulve; gros plan sur cette fleur étalée, transpirante. Puis je refermais les cuisses et me couchais sur le ventre, lui offrant ainsi mon dos, la cambrure de mes reins, l'œillet timide de mes fesses.

Comme si, par l'entremise de son appareil photographique, je faisais l'amour avec William tandis que lui, le regard plongé dans l'objectif comme dans un puits de délices, y tirait sa jouissance. Heureuse d'exposer à cet homme reclus dans une douce, très douce folie, un aspect de l'amour, lui rendre un peu de la fraîcheur, de l'attrait que notre monde préserve encore.

Il avait vingt ans lorsqu'il me quittait!

☐

Pendant mon séjour chez Josée, nous avons longuement discuté. Un de ces sujets de discussion revenait souvent me hanter, même si déjà deux semaines s'étaient écoulées depuis cette escapade. Cette conversation portait sur les scénarios entre elle et Claude où ce dernier recourait à une certaine force pour la résoudre à l'abandon, à la soumission. Des jeux où elle s'habillait de façon provocante, enfilait des robes de cuir et des talons hauts. Ils prenaient manifestement leur pied à agir de la sorte.

— Ce sont des jeux de pouvoir. On a réalisé que ça nous procurait un certain équilibre dans notre vie quotidienne.

— Comment l'avez-vous découvert? Je veux dire comment ont commencé ces jeux?

— C'est plutôt drôle. Un soir, Claude était parti et je savais qu'il était avec une autre femme, il me l'avait dit. Déjà en ce temps-là, il y a deux ans, je crois, il nous arrivait d'avoir des liaisons en dehors de notre couple de temps à autre. Nous en parlions mais je crois que nous n'étions pas complètement à l'aise avec ça. Enfin, le soir en question, c'était mon anniversaire, Claude l'avait oublié et j'ai fait la bêtise de ne pas le lui rappeler et de le laisser partir comme si tout était correct. J'ai tellement pleuré, ce soir-là, j'étais si frustrée que, lorsqu'il est rentré, je lui ai piqué une de ces crises! Et lui, habituellement si calme, s'est mis en colère aussi. On s'est engueulés et on en est même venus aux coups! Et puis c'est devenu sexuel, même si on ne s'en est pas tout de suite rendu compte. Nous étions tous les deux terriblement excités et, quand je lui ai lancé qu'il n'était même plus capable de me faire jouir — ça n'allait pas tellement bien dans notre couple à cette époque —, lorsque je lui ai dit ça, il est devenu rouge de colère. Je ne l'avais jamais vu dans un état pareil, je croyais qu'il allait me tuer. Mais au lieu de ça, il m'a baisée de force. Au début, je me débattais, je criais, mais il continuait et ça l'excitait encore plus. Il me donna même une fessée. Je me sentais si humiliée, comme une petite fille qu'on punit! Mais quand j'ai senti sa main sur ma chatte, j'ai complètement chaviré! La colère s'est transformée en plaisir très intense et Claude s'en est rendu compte. Quand ce fut terminé, on était tous les deux un peu étonnés de la tournure des événements; on se regardait sans parler comme si on essayait de comprendre ce qui s'était passé dans le regard de l'autre. Puis je me suis mise à pleurer, puis à rire, et Claude a ri, lui aussi. On se consolait puis on partait à rire; on était fébriles, pleins d'émotions contradictoires.

Un peu plus tard, on s'en est reparlé, on a essayé de comprendre. Au début on ne parlait pas de soumission ou de domination, mais on a découvert qu'il existait des magazines, des films qui abordaient ces questions-là. Puis, un peu plus tard encore, par hasard, on a fait la connaissance de Nadine.

Josée m'expliqua que Nadine et son mari Michel étaient les promoteurs d'une association qui portait le nom de *Fantasia*. Il s'agissait d'un groupe de rencontres fétichiste. Une quarantaine de personnes se réunissaient de temps à autre pour discuter de sujets d'intérêt commun, comme, bien évidemment, le fétichisme mais aussi le sadomasochisme et la soumission-domination. Sujets tabous dont ces gens pouvaient parler en toute liberté au sein de leur petite communauté. On organisait également des soirées au cours desquelles les membres du groupe pouvaient vivre concrètement leurs fantasmes. Tout cela était régi par des scénarios préalablement discutés et, évidemment, acceptés.

Selon Josée, ce genre de petite congrégation n'était pas rare et il en existait des semblables dans plusieurs pays, avec des associations bien organisées, des agences très sérieuses, etc. Il se tenait même des congrès mondiaux. Une société entière vivait sous les apparences trompeuses du conformisme, des convenances.

— Et n'entre pas qui veut! Les hommes seuls ne sont pas admis. Ce ne sont que des couples et des femmes seules mais il est plutôt rare qu'une femme vienne sans être accompagnée. Et, tu sais, malgré les préjugés qu'on peut nourrir, c'est un milieu très sain. Le groupe possède un code d'éthique strict et nous devons respecter les limites de chacun. Tu serais probablement surprise de savoir qui sont ces gens, nous avons même rencontré un député et sa femme... Mais pourquoi ne viendrais-tu pas les rencontrer toi-même? Si ça t'intéresse, bien sûr.

Ça m'intéressait mais j'ignorais si j'étais prête à vivre une telle aventure. Je me trouvais à la porte d'entrée de ce monde clandestin et j'ignorais tous les arcanes qui le constituaient. J'ai donc répondu à Josée que j'y réfléchirais.

Mais si moi je me trouvais au seuil de ce monde baroque, certains n'en soupçonnaient pas même l'existence. Martin, par exemple. Il venait se faire masser presque toutes les semaines mais il demeurait tout de même aveugle à certaines évidences.

Légère pression sur le coccyx puis je longe la colonne vertébrale pour, à la nuque, déloger toutes les tensions qui s'y sont accumulées. Je m'attarde longtemps sur le dos, réceptacle des malaises, pour redescendre jusqu'aux pieds souffre-douleur des vies de sprinters. Mes gestes se transforment, comme l'eau des longs cours ils changent de débit, de puissance, se fondent et se confondent en caresses de plus en plus aériennes.

Retour aux fesses que je fais frissonner du bout de mes ongles; puis aux épaules, à la tête. Redescente, je chute aux reins, rôde autour des fesses, y gribouille quelques inscriptions mystiques puis je vais courir à l'intérieur des cuisses pour reprendre mon souffle à l'orée de la bourse où je lui fais perdre le sien.

Martin se retourna sur le dos; dans le sens des aiguilles d'une montre, par de petits mouvements circulaires, je remontai la pendule biologique, paresseuse selon les dires de l'homme qui négligeait son pauvre corps abasourdi par les sonneries mécaniques et répétitives, à la journée longue.

Étaient aussi réglées au millimètre près les relations sexuelles avec sa femme qui n'aimait pas le sexe. Combien de fois ai-je entendu cette complainte ? « Ma femme n'aime pas faire l'amour. » Pathétique ! Jamais je n'acceptais cet aveu sans une certaine réserve. Communication embrouillée, évidemment. Une femme qui n'aimerait pas faire l'amour serait une femme refusant le plaisir, à moins que ce plaisir ne soit falsifié, trompé, litigieux. Soit la femme n'entretenait aucun espoir de contentement et, par le fait, vivait déconnectée de ses besoins, de ses désirs, par conséquent frustrée à l'extrême. Soit la femme nourrissait une passion adultère : « Non, jamais, pas ma femme ! » Soit l'homme était insensible aux réelles appétences de sa femme, insensible aux cycles qui la bouleversent, à la tendresse...

J'avais parfois du mal à comprendre. Pourquoi une femme maugrée-t-elle contre la nature plus « convulsive » de l'homme, sexuellement plus « mécanique » ? Et pourquoi un homme se plaint-il de la « complexité » de sa femme, de ses « mystères », de ses nuances ? Homme et femme sont complémentaires. Ne devraient-ils pas essayer de comprendre leurs différences, s'en servir pour évoluer, pour s'épanouir ?

Voilà où j'en étais avec mes questions existentielles, résultat de mon innocence ou de ma trop grande lucidité. Tout m'apparaissait parfois si clair, si facile... Plusieurs hommes étaient plongés dans le malheur à cause d'une mésentente amoureuse, qui les condamnait, eux et leur conjointe, à une réclusion dans leur bulle respective. Pour plusieurs, j'agissais comme un baume. Lorsque j'entretenais des rapports plus continus avec certaines personnes, je n'hésitais pas à leur faire part de mes réflexions.

Je sentais bien que Martin brûlait de me poser une question, la question : « Et si j'allais plus loin ?... Si j'allais jusqu'à avoir une relation complète ? » Non, c'était hors de question. Pourquoi ? Non pas par principe mais simplement parce qu'il me serait impossible de baiser à un tel rythme, avec des hommes qui n'épousaient en rien mes désirs, sans perdre à la longue le sens harmonieux, éclatant et beau d'une relation sexuelle. Mon corps s'en lasserait, je perdrais ma sensibilité, et plutôt que de m'épanouir, je me fermerais. Par contre, avec un « client » assidu avec qui je pourrais entretenir une relation stimulante, peut-être que...

Martin se plaignait d'avoir presque oublié les joies de la luxure avec sa femme, ne misant plus que sur une main solitaire et fatiguée. Triste. Je lui soumis quelques scénarios de séduction à réaliser pour reconquérir sa femme : missives anonymes, lieux envoûtants, propositions insolites, etc. Mais il se découragea à l'avance, ne possédant sans doute pas l'âme d'un *lovelace*. Il me confia même n'avoir jamais caressé le sexe de sa femme, ne l'ayant qu'effleuré légèrement, comme un geste perdu dans l'agitation des premières nuits. Jamais il ne l'avait masturbé consciencieusement, ni même observé de près. À l'intérieur de l'écrin de chair, se cachait une énigme qu'il n'avait jamais tenté d'élucider.

Étonnée mais assez délicate pour ne pas laisser sourdre ma stupéfaction, je proposai à Jean de l'instruire sur l'anatomie féminine et de lui montrer comment, de mes propres ailes, j'accédais à l'éden. Je me couchai sur la table, les jambes bien écartées, ouvris devant lui les lèvres pulpeuses de mon sexe pour bien faire voir à cet homme penché sur moi le noyau tendu de ce fruit, lui montrant là où il ne fallait jamais appuyer trop fort. Deux doigts sur le pourtour du clitoris, quelques légères rotations, insertion d'un doigt, ou deux, ou trois, rien que des gestes des plus agréables.

Aucun signe de la moindre excitation. Rien ne semblait troubler Martin de sa concentration d'étudiant appliqué. Je ne savais pas si ce premier « cours » allait lui être d'une quelconque utilité, mais j'étais heureuse tout de même d'avoir contribué, à ma manière, à repousser un peu les confins de l'ignorance.

□

C'est lors d'une dégustation de vins et fromages à laquelle Anne avait été conviée que je fis sa connaissance. Mon amie et moi ne connaissions personne hormis David, un professeur en communications, celui qui avait invité Anne à cette réception. C'est lui qui nous servit d'intermédiaire auprès des invités, quelques dizaines, tous des gens qui, d'une façon ou d'une autre, œuvraient dans le domaine du marketing. En fait, j'accompagnais Anne avec l'intention de distribuer entre bonnes mains mes cartes professionnelles et, qui sait, de faire d'heureuses rencontres.

Nous zigzaguions entre de petits groupes, nous arrêtant parfois lorsque David jetait l'ancre sur des gens de sa connaissance qu'il nous présentait aussitôt : professeurs, publicitaires, recherchistes, conseillers... Nous nous amusions, ma copine et moi, à observer ces gens, pour la plupart assez bien nantis, à noter l'influence un peu ravageuse du vin sur certains mais surtout, pour ma part, à soutirer de ces visages, de ces physionomies, de ces flots abondants de paroles, quelque information susceptible de m'intéresser. Tenter de percer la vraie nature des gens, surtout dans une foule, peut s'avérer une occupation particulièrement intéressante. Bien sûr, nous avons appris à ne pas juger une personne à la première impression mais que faisons-nous de l'intuition, qui, elle, s'accommode mal des tromperies et mensonges ?

Anne et moi formions bande à part — nous étions vraiment les plus jeunes du groupe, Anne, avec ses vingt-cinq ans, étant mon aînée de quatre ans.

Je remarquai, au milieu d'une conversation, un homme à l'autre bout de la pièce. Distingué, mais avec ce quelque chose d'authentique contrairement aux autres à l'apparence superficielle. Par la manière de se tenir, de bouger, il dégageait, même de loin, un charisme incontestable qui attirait les regards. Je lui donnais cinquante-cinq ans, mais il semblait jeune et robuste. Je demandai à mon compagnon s'il le connaissait. Il s'agissait du directeur d'une importante firme de conseillers en marketing, « un homme autoritaire et décidé », ajouta-t-il.

J'attendis le moment propice pour aborder l'homme qui suscitait ma curiosité. Monsieur Bélisle s'éloignait justement de ses compagnons pour aller refaire le plein. Je lui demandai quel vin était le meilleur pour ce genre d'occasion. « Oh! vous savez, je ne suis pas vraiment connaisseur mais je vous suggère celui-ci. » Et sur ces bons conseils suivirent les présentations d'usage.

Je lui dis que j'accompagnais une amie, que j'étais massothérapeute et que je ne connaissais rien en marketing. Fort peu loquace au sujet de son travail, il me dit travailler pour une compagnie de publicité. Par contre, il m'interrogea longuement sur mon métier. Bien entendu, je ne révélai pas toutes les facettes de ma profession mais j'insistai néanmoins sur la touche toute personnelle que j'ajoutais à mon travail. Il baissa la tête comme pour mieux réfléchir au sens de mes paroles. Je vantai les effets bénéfiques de mes massages, entre autres sur le stress. Il me demanda de lui laisser ma carte, que je m'empressai de lui remettre. Au même moment, un couple, des amis à lui, se joignit à nous et j'en profitai pour saluer monsieur Bélisle et rejoindre Anne.

Trois semaines plus tard, alors que je dînais avec Philippe au restaurant, je rencontrai de nouveau monsieur Bélisle. Il était accompagné d'une femme et de deux hommes. Lorsqu'il me vit, un peu surpris, il esquissa à mon endroit un sourire, me salua d'un hochement de la tête. Curieux, Philippe m'interrogea au sujet de cet homme et je lui rappelai cet homme rencontré à la petite réception dont je lui avais déjà parlé.

— Ah oui, Daniel Bélair?

— Non, Bélisle.

— Son visage me dit quelque chose. Il est séduisant pour son âge. Il n'arrête pas de te lancer des regards... Est-ce qu'il t'appelée depuis cette fameuse soirée?

— Non.

En fait, je m'y attendais un peu. Un homme fort occupé, sans aucun doute, et qui plus est devait sûrement être marié, avec des enfants. Il ne me connaissait pas et il ignorait mes intentions. En fait, j'avais voulu, dans un premier temps, piquer sa curiosité pour qu'il ait envie de me connaître. Il avait produit sur moi une très bonne impression. Je pressentais chez lui de très belles qualités et je souhaitais le connaître davantage. Il représentait le type d'hommes, fonceurs, que je recherchais et que j'estimais.

Quand Philippe et moi sortîmes du restaurant, j'adressai un sourire circonspect à monsieur Bélisle, qui me le rendit tout aussi discrètement, mais je crus voir dans ses yeux bleus une petite lueur d'espoir...

Deux jours plus tard, Daniel Bélisle me téléphona. Je ne reconnus pas immédiatement sa voix mal assurée, provenant probablement d'un téléphone cellulaire. Mais lorsqu'il se nomma, je démontrai plus d'enthousiasme. J'étais heureuse qu'il m'appelle. Il se demandait s'il pouvait venir me rendre visite, pour bavarder, prendre un café, si, bien sûr, j'en avais le temps. Je lui répondis qu'il me ferait plaisir de le revoir et je lui donnai mon adresse.

J'avais un rendez-vous pour un massage à dix-sept heures, soit dans moins d'une heure, mais comme je connaissais bien cette personne, je pus annuler mon rendez-vous sans problème. Cette rencontre avec Daniel Belisle me semblait primordiale. Je ne savais pas s'il venait pour un massage mais je préparai tout de même la salle au cas où... Je fis du café et allai même me changer, troquant mon jean contre une jupe, sobre mais sexy.

J'étais un peu nerveuse. Mais je ne m'attendais surtout pas à cet énorme bouquet de fleurs multi-colores et encore moins à cet élan de passion qui poussa Daniel dans mes bras, ses lèvres soudainement soudées aux miennes, ses mains furtives sur mon corps et ses yeux étincelants comme des diamants. Mais j'accueillis ces manifestations enflammées avec autant de démesure et je pris feu, moi aussi. Nous sommes tombés sur le divan ; il était en proie à une agitation extraordinaire, ses doigts couraient littéralement sous ma blouse, pressaient mes seins, en pinçaient les pointes. Je défis la boucle de son pantalon, faufilai ma main jusqu'à son sexe tendu au maximum et à peine l'eus-je caressé que ce dernier s'exclama dans ma main.

Nous n'avions même pas pris le temps de nous déshabiller. Les cheveux ébouriffés, il leva les yeux sur moi et sourit timidement. Il me fit part de sa confusion : il ne pouvait rester très longtemps car il devait absolument retourner au bureau. Il m'avoua qu'une telle aventure ne lui était pas arrivée depuis de très nombreuses années. « Depuis quatorze ans, depuis que je suis marié en fait. » Nous eûmes à peine le temps de discuter. J'étais heureuse de le voir respirer de bien-être, satisfaite de m'être donnée un peu et qu'il ait puisé en moi un évident contentement. Une impression de lui avoir fait un cadeau, comme on offre des fleurs. Par pur plaisir.

Fébrile comme un enfant, il s'excusa de devoir partir si tôt mais espérait revenir bientôt si, bien sûr, j'étais d'accord, pour bavarder plus longuement. Il renoua sa cravate, se peigna, s'épousseta puis partit après m'avoir étreinte.

Demeurée seule, j'évaluai la situation. Je n'étais pas, certes, aussi exaltée que lui mais j'étais heureuse que cet impromptu lui ait apporté autant de plaisir. Je le trouvais beau, aussi bien physiquement que de l'intérieur. Il « méritait » certainement ces joies qu'il ne soupçonnait peut-être même pas encore et je me promis de les lui faire découvrir.

Trente-quatre années nous séparaient mais je ne me sentais nullement désavantagée. Et je me disais qu'il n'était pas impossible qu'à certains niveaux j'aie plus d'expérience que lui. Bref, je croyais honnêtement pouvoir lui apporter beaucoup, tout en n'attendant absolument rien de lui. Peut-être était-il possible, tout simplement, de trouver un juste équilibre dans cette relation...

☐

Mais si avec Daniel mon désir se trouvait manipulé, amplifié pour mieux s'accorder au sien, avec Philippe c'était différent car, lorsqu'il m'entraînait dans des valses discordantes, un peu folles et très chaudes, lorsqu'il jouait de mon corps à sa guise, qu'il triturait ma chair comme un sculpteur acharné sur son œuvre, inspiré par ma vulnérabilité apparente et la fragilité de mes os, son instinct irrépressible de me dominer, me soumettre, me posséder retentissait jusque dans les tréfonds de mon être. Jusqu'à m'arracher un cri.

— Prends-moi, prends-moi entière! Baise-moi! Je veux me sentir dépossédée de toute volonté. Me retrouver petite sous ton corps lourd et robuste; mêler les sens, perdre la tête. Abuse-moi! viole-moi! que je me retrouve en paix. Échauffe-moi, étouffe-moi que je respire enfin.

Et il s'appropriait ma chair, la dévalisait, la conquérait. Entre ses mains, mon corps offrait des visions obscènes, perverses. Mes jambes ouvertes à l'extrême, ma chatte offerte, suppliante.

— Lèche-moi, mange-moi; étanche ta soif et ta virilité. Escalade-moi, monte, grimpe aux cimes de ma féminité! Plante-moi ton flambeau entre les cuisses en juste conquérant, brûle-moi! Laisse battre dans mon ventre un second cœur! Déchaîne-toi, vitalise-moi, va et viens, pars et reviens, je sais que tu reviendras. Explose-moi, éclate-toi et laisse-moi aspirer cette lave qui te fait fondre. Viens et reste encore un peu! Repose-toi... J'étais femme dans toutes les fibres de mon corps. Je m'abandonnais, j'offrais mon corps pour qu'il en abuse, je me donnais et je sentais que son désir répondait au mien. Mes sentiments valsaient dans la confusion la plus complète. L'humiliation me réduisait à une docilité forcée mais libérait aussi tous mes instincts de soumission. Juste retour à ma nature archaïque et au-delà de toutes les conventions sociales, la sensation de me retrouver pleinement.

En ouvrant ainsi mon corps, mon être entier, je m'épanouissais et ces actes d'emprise et de sujétion, loin me m'avilir, me valorisaient.

Lorsque Daniel me rappela, une semaine après notre première rencontre, je le reconnus tout de suite. Il était libre pour l'heure du dîner. Pouvait-il passer me voir? J'acceptai de le recevoir.

Encore cette fois, l'excitation perçait clairement chez lui mais il refréna ses ardeurs, s'alluma une cigarette et réfléchit un moment.

— Écoute, j'espère que je ne t'ai pas brusquée la dernière fois. J'y ai pensé par la suite et peut-être que je n'ai pas été très correct... enfin, je ne sais pas mais...

Je le rassurai aussitôt et il put poursuivre:

— Lorsque je t'ai dit que je n'avais jamais vécu une telle aventure, c'était vrai. Tu vois, je ne suis pas en position de... tu comprends? Je suis passablement connu ici, et ma femme... que j'aime beaucoup... J'ai aussi une petite fille, te l'avais-je dit? Elle a trois ans, elle s'appelle Lydia. Je ne sais pas pourquoi car on ne se connaît pas beaucoup, mais j'ai confiance en toi, je pense qu'on se comprendra bien... enfin, tu vois ce que je veux dire? C'est drôle, non ce n'est pas drôle mais je veux dire, je ne me sens pas coupable envers qui que ce soit, tu comprends?

Je comprenais. En fait, ce que Daniel me disait, c'est qu'il était marié, avait une petite fille, donc de sérieuses responsabilités, une réputation à laquelle il tenait énormément et qu'il ne pouvait se permettre de perdre. Il n'avait pas vraiment cherché cette aventure mais voilà, une singulière expérience s'offrait à lui sous les traits d'une jeune femme en qui il avait eu spontanément confiance. Il ne désirait pas souffrir ou me faire souffrir de quelque manière que ce soit et je le concevais parfaitement bien. Jamais, pour rien au monde, je ne lui aurais fait de problèmes et il le sentait.

Daniel prit l'habitude de venir chez moi régulièrement. Le plus souvent, il m'appelait à la dernière minute, arrivait à mon appartement avec l'air d'un conspirateur sous surveillance et ne restait généralement que peu de temps, une heure tout au plus. Ses visites consistaient en un rituel semblable à chaque visite; il fermait la porte derrière lui en prenant bien garde que personne ne l'ait suivi. Le côté illicite de la situation l'excitait beaucoup, au point d'en exagérer volontairement les risques! Il me serrait dans ses bras, nous bavardions un peu pendant que ses mains erraient innocemment sur ma nuque, dans mon dos, jusqu'à mes fesses ; caresses un peu gauches, insidieuses, qui venaient immanquablement à bout de toute retenue. Alors il me déshabillait et demeurait longtemps à me regarder. Moi, que le désir entamait à peine, je roulais pourtant des hanches, je voulais l'émouvoir, je lui offrais ma croupe qu'il trouvait incroyablement affriolante, j'ouvrais les lèvres de mon sexe pour qu'il y glisse un doigt en toute impunité. Il suffisait, la plupart du temps, que j'enfile sa queue avec l'anneau de mes doigts pour qu'il explose presque aussitôt.

« Surprends-moi ! » m'avait-il demandé un jour au téléphone. Ce fut avec une robe, telle une seconde peau, noire comme la nuit dans laquelle je le plongeai en lui cachant les yeux avec une écharpe. Je m'approchai de lui, calmement, ma froideur contrastant avec sa fièvre. Je l'amenai jusqu'à la chambre où je le dirigeai sur le lit. Ensuite, je retirai son pantalon, ses sous-vêtements ; son sexe appelait déjà à la délivrance, mais plutôt que de le libérer, je l'emprisonnai d'une petite corde que je glissai sous les testicules et que je nouai à la base du pénis, faisant ainsi saillir les veines. Le cœur de Daniel comme sous la lame d'un couteau menaçant battait la chamade, chavirait presque dans l'inquiétude délicieuse, voluptueuse. À quatre pattes au-dessus de lui, je l'effleurais doucement de mon corps dénudé, frôlant mes seins sur sa poitrine, sur son membre, à l'intérieur de ses cuisses, mes lèvres embouchant son sexe captif. Il vacillait maintenant sur l'infime frontière de la jouissance, où ma bouche l'aspirait inexorablement.

Mais ce qui représentait pour Daniel un fantasme hallucinant aux sensations aiguës ne signifiait pour moi qu'une simple intrigue au climat tempéré ; je n'y perdais pas la tête, je ne délirais pas, je ne jouissais pas. Cela n'altérait en rien mes sentiments à son égard. Je me prêtais à ces jeux avec beaucoup de sincérité et de le voir repartir heureux, avec une énergie renouvelée, me satisfaisait. Mais jamais il ne me parlait de notre liaison et du bonheur qu'il en récoltait possiblement. Il me parlait de son travail, de sa famille, de lui. Dans le tableau qu'il me dressait de sa vie, sa profession trônait, souveraine. Lui-même m'avouait consacrer trop peu de temps à sa femme et sa fille Lydia. Moins de temps encore pour les loisirs ou la détente : son seul loisir était le piano ; il en jouait depuis l'enfance.

Un jour, je lui suggérai, alors qu'il devait se rendre à l'extérieur de la ville par affaires, d'aller le rejoindre dans sa chambre d'hôtel, afin de l'aider à chasser l'ennui qu'on retrouve souvent dans ces chambres sans âme. Il repoussa mon indécente proposition car, si quelqu'un découvrait...

Il s'informait cependant de mes projets, de mes aspirations, de ma vie privée. Il connaissait l'existence de Philippe et de mes quelques amants de passage. Je lui parlais également de mon travail, sous tous ses aspects, et il m'écoutait avec attention, comprenant assez bien ma philosophie. Je lui fis part de mes rêves de voyage ainsi que de mon désir de percer dans le domaine des relations publiques. Il m'encouragea dans mes projets, disant ne pas douter que j'allais réussir un jour. Mais jamais l'idée ne lui vint qu'il pourrait m'aider en me faisant profiter des nombreuses relations qu'il entretenait en haut lieu. Lorsque je lui en parlai, il s'objecta vivement, prétextant que si on apprenait que lui et moi...

Deux ou trois fois par mois, durant six mois, nous nous sommes rencontrés, Daniel et moi. Ces rencontres avaient toujours lieu chez moi. D'enthousiaste au début de cette relation, mon intérêt diminua considérablement au terme de ces six mois. Le cœur n'y était plus, je ne consentais plus à ces jeux érotiques qu'avec une certaine réticence. L'insatisfaction grandissait.

Quelle valeur accordait-il à notre relation? Que me donnait-il en retour? Je ne représentais qu'un fantasme occasionnel, qu'un corps dépossédé de sa propre faim. Croyait-il que nos brefs ébats sexuels me comblaient? Oui, bien sûr, cet homme, avec son caractère, avec sa force, avait suscité mon intérêt, c'en était même la raison première, mais je ne comprenais pas qu'il ne puisse concevoir qu'une jeune femme de vingt et un ans avait besoin de plus, de beaucoup plus. J'entrais dans cette vie avec plein d'espoir, d'ambitions, alors que lui y était déjà bien installé. Ne désirait-il pas m'aider? Je ne comprenais pas. Par égoïsme? Ou simplement était-il insensible ? N'était-il pas normal qu'une telle relation rapporte quelque bénéfice ? On ne peut vivre d'échanges inégaux, car on souffre immanquablement. Il est alors préférable de rompre, et c'est ce qui arriva.

Cette liaison s'estompa graduellement. Déçue, je réalisai que je devais, à l'avenir, être plus sélective et mieux choisir ceux à qui je décidais de me donner. Peut-être aurais-je dû, dès le début, préciser mes intentions et mes exigences, en expliquant clairement ce qu'une jeune femme attend d'un homme de cinquante-cinq ans, au-delà de brèves étreintes.

J'exerçais mon nouveau métier depuis neuf mois maintenant. Ma petite entreprise ne fonctionnait certes pas à pleine capacité, mais c'était par choix : je ne pouvais recevoir plus de trois personnes par jour. Sinon, je courais le risque de m'épuiser et je ne pourrais plus dispenser cette chaleur nécessaire avec mes doigts. Je voulais aussi refaire mes forces ; je me sentais fatiguée et j'avais un urgent besoin de vacances.

— Et où désires-tu aller ? demanda Charles.

— Je ne le sais pas encore... là où il fait beau et chaud, près de la mer. J'ai besoin d'un paysage différent, de changer d'air.

— Quand souhaiterais-tu partir ?

— Tout de suite !

— J'ai un ami qui habite à Miami et qui doit venir me rendre visite dans deux semaines. Je pourrais peut-être lui en parler... son appartement serait libre. Je ne sais pas s'il accepterait mais je peux le lui demander. C'est un vieil ami, il est propriétaire d'un théâtre à Miami et il possède un appartement où il habite seul, sur Collins Street, je crois. C'est au sud de Miami, à deux pas de la mer.

Quelques jours plus tard, Charles m'invita à souper. Il avait rejoint son ami, Patrick, et ce dernier ne voyait pas d'objection à ce que j'utilise son appartement pendant son absence, à condition que j'accepte de le rencontrer avant mon départ. Je remerciai Charles qui était devenu plus qu'un « client », un ami avec qui j'entretenais une relation privilégiée. Après le souper, nous sommes rentrés chez moi ; j'ai mis mon sarrau blanc, les sous-vêtements de soie blanche qu'il aimait tant et je lui ai prodigué mille caresses. Le bien que je lui procurai, il me le redonna à son tour, à sa façon. Et sa façon était de me dire : « Tiens, prends, c'est pour ton billet d'avion. »

Vaincue par mon insistance, Anne accepta finale-ment de ne plus considérer comme une tragédie les deux semaines d'école buissonnière que je lui pro-posais et elle m'accompagna donc à Miami.

La veille de notre départ, je fus invitée à souper par Charles et Patrick. Je me rendis au restaurant, tandis qu'Anne préféra demeurer à l'hôtel.

Patrick, âgé d'une soixantaine d'années, était plutôt petit et rondelet. Ses épaisses lunettes grossis-saient ses yeux déjà exorbités mais il me sembla sympathique et c'est avec un large sourire qu'il m'accueillit au restaurant, me tendant une grosse main solide qu'il ne paraissait pas pressé de retirer de la mienne. Il lançait de petits coups d'œil en direction de Charles ; ce dernier dodelinait de la tête en souriant. De toute évidence les deux hommes avaient parlé de moi avant mon arrivée, mais je me demandais si Charles avait confié à son ami la nature de nos rapports.

Le souper se déroula sans incident. Patrick ne tarissait pas d'éloges pour moi. Mais j'adoptai l'attitude familière qu'il fallait. Nous passâmes donc une agréable soirée. Avant de m'en aller, je remerciai Patrick encore une fois et lui promis de passer une journée en sa compagnie lorsqu'il rentrerait à Miami. Je les embrassai tous les deux et partis rejoindre Anne à l'hôtel.

L'appartement de Miami, un peu exigu, était cependant confortable et frais dans ses teintes de beige et de blanc cassé. D'énormes ventilateurs, suspendus au plafond, dissipaient rapidement la moindre goutte de sueur. Mais il en était tout autrement à l'extérieur, la nuit. Sur Ocean Drive, pubs, cafés, discothèques déployaient leur ambiance à ciel ouvert et les airs de jazz, de folk, de reggae et de rock se hissaient au-dessus des têtes dans un joyeux cocktail.

Difficile de sa frayer un chemin dans cette foule disparate qui monopolisait les trottoirs du quartier Art Deco. Il fallait se laisser porter par elle, sans résister, en fermant les yeux pour ne pas se laisser étourdir par cette ferveur brûlante, par ces attroupements d'hommes, de femmes, de travestis et d'enfants roublards qui formaient un tableau multicolore. Le chic superficiel scintillait partout : ici, des voitures chromées conduites par des gosses de riches âgés d'à peine quinze ou seize ans ; là, des jeunes habillés comme des cartes de mode, au visage émacié et tout aussi chromé, des hommes cirés de la tête aux pieds, à la démarche nonchalante. Et toujours ces femmes exhibant leurs seins, leurs jambes, leur ventre sous l'œil admiratif des casanovas d'élite. Une jungle à l'esthétisme contrôlé, où, pour survivre, il fallait croire dans le non-sens qu'elle affichait ou bien jouer le jeu. Ce que nous fîmes, Anne et moi. Rien de plus facile que de se déhancher un peu plus que d'habitude lorsque les regards et les mots d'amour, même fictifs, vous tombent dessus à tous les coins de rue ! Nous étions sollicitées comme le miel par les ours, sauf qu'ici les ours prenaient des apparences beaucoup plus sophistiquées.

La plage était d'une beauté extraordinaire la nuit, loin de l'agitation des rues. Le ciel étoilé s'abattait sur la mer comme un immense édredon et il s'incrustait en moi.

Malgré cette apparence de luxe, Miami abritait également des bidonvilles sans nom véritable. Dans les stationnements, des dealers, des prostituées bas de gamme, des gangs de rue, des ivrognes et des charognards hideux. C'est dans l'un de ces endroits qu'Anne et moi avons surpris, alors qu'on rentrait à l'appartement, un homme sans âge mais sans doute très vieux tailler une pipe simultanément à deux jeunes garçons de moins de treize ans, puis leur remettre leur dose d'oubli avant qu'ils ne s'enfuient à toutes jambes.

Des images qu'on n'oublie pas...

Sur une rue dont j'ai oublié le nom, deux hommes en smoking, souriant de toutes leurs dents aux passants qui s'attardaient un peu, nous invitèrent à entrer dans un bar, en nous remettant un petit papier. L'endroit s'appelait *Épicure*, nom prédestiné. Il s'agissait d'un club marginal, aux allures épicuriennes comme son nom l'affirmait, où l'on célébrait le philosophe bien connu selon des « rites » qu'il n'aurait pas dédaignés. Il s'agissait, en fait, d'une discothèque où, selon la description qu'on fournissait à l'entrée, nous pouvions sinon devions donner libre cours à notre imagination, sans contrainte ni tabou. Désireuses de satisfaire notre curiosité, nous sommes donc entrées, en payant les dix dollars réglementaires.

Par un étroit corridor au plafond très bas, faiblement éclairé et tapissé de photos d'hommes et de femmes, plutôt évocatrices dans leurs poses, nous avons pénétré dans ce qui nous semblait les soubassements du monde. Impression renforcée par les gémissements plaintifs ou jouissifs — difficile à préciser — provenant des haut-parleurs. Ce corridor nous introduisait dans un monde inordinaire et donnait sur une vaste pièce, richement décorée, où trois scènes dominaient un plancher de danse immense. Des caméras, installées au plafond, balayaient les lieux et projetaient des images sur des écrans géants. Les murs étaient recouverts de miroirs, ce qui produisait un effet de ricochet à l'infini dont nous ne sortions jamais. Une musique primitive désaccordait nos pensées. Mais le malaise provenait des gens autour de nous. Clients ou membres du personnel, ces filles et ces garçons aux allures hermaphrodites? Seuls quelques hôtes et hôtesses affichaient clairement leur sexe. Ils déambulaient parmi la foule, souriaient, soufflaient des secrets et des invitations dans les oreilles de certains couples qui s'empressaient aussitôt de monter à l'étage supérieur.

Sur les scènes se déhanchaient de façon impudique des femmes et des hommes qui n'hésitaient pas à se défaire du peu qu'ils avaient sur le dos. Une de ces femmes se retrouva ainsi complètement nue; elle se déhanchait d'une façon presque obscène. J'ignorais s'il s'agissait de personnes chargées de stimuler l'ardeur des spectateurs mais nombreux étaient ceux qui se pressaient autour des tréteaux, sifflant, acclamant, encourageant les exhibitionnistes. Certains d'entre eux montèrent même sur une des scènes afin de s'offrir, eux aussi, à l'excitation générale.

Sur le plancher de danse, des corps à corps battaient la mesure, donnant libre cours à toutes les fantaisies possibles. Nous étions impliquées bien malgré nous dans cet emportement des danseurs.

Nous engager sur la piste fut comme plonger dans un banc de pieuvres aux ventouses fureteuses. Je sentais les frôlements, les odeurs, les offrandes de ceux qui m'entouraient sans pourtant me sentir directement impliquée. Jusqu'à cette insistance derrière moi, dure et tendue. Un homme bougeait dans mon dos, son sexe collé sur mes fesses. Je m'avançai un peu pour me dégager mais il se rapprocha malgré tout et me murmura à l'oreille des mots dans une autre langue, des mots que je ne comprenais pas. Mais au ton de sa voix où perçaient les accents langoureux, je devinais un désir à fleur de peau. Je ne pouvais m'avancer davantage, l'étreinte des danseurs se resserrait sur moi. Je cherchai Anne des yeux mais ne la trouvai pas.

La chaleur, l'humidité contribuaient à surchauffer l'atmosphère. L'homme me braquait toujours de son membre bien dressé, en se déhanchant comme s'il me pénétrait. J'étais outrée. Aussi je me retournai vivement vers lui pour lui signifier mon désaccord. Un homme, au teint bronzé, souriait. Sur son torse nu couraient dans tous les sens des serpents verts à la langue fourchue qui se rejoignaient tous vers le petit oiseau rouge dessiné sur son flanc gauche. L'homme dansait toujours, tandis que moi, immobile, les yeux rivés sur cet oiseau rouge, je tentais de me contrôler. Puis je sentis qu'on me touchait : on effleurait mon dos, mes fesses. Je me retournai : une femme, portant un loup d'où perçait un regard de braise, me toisait ouvertement. Elle était à peine plus grande que moi, ses seins débordaient d'un soutien-gorge trop petit et sa jupe paraissait trop étroite pour ses hanches généreuses. Elle leva la tête vers l'un des écrans et m'invita à faire de même. On pouvait y voir deux filles dont une entièrement nue et la seconde, parée de longues bottes qui montaient jusqu'à ses cuisses, n'était vêtue que d'une petite culotte cloutée. Elles étaient rivées l'une à l'autre. Quand je posai de nouveau les yeux sur ma compagne d'en face, celle-ci avait libéré ses seins de leur carcan et s'enduisait un doigt de salive pour en caresser les mamelons, d'une façon toute provocante. Je la regardais, interdite, tandis qu'elle paraissait s'amuser de mon étonnement. Elle malaxait énergiquement sa poitrine et s'agitait en suivant le rythme de la musique.

Pendant ce temps, l'homme tatoué, qui avait pris ses distances, se retrouva de nouveau derrière moi, encore plus près... Il m'enveloppa de ses bras et je m'y abandonnai. Il m'enveloppa voluptueusement, et je m'alanguis. Il m'enveloppa de ses yeux, de sa peau, de sa queue, de ses serpents et je m'abandonnai, docilement, comme un petit oiseau rouge de feu. Son corps, plaqué contre le mien, dirigeait mes mouvements. Je me laissais guider, les yeux mi-clos, engourdie. Sous ma jupe, les doigts de l'homme me caressaient gaillardement. Je chancelai, j'oubliai mes propres désirs contrés par ceux de l'homme, sans savoir si c'était pour le bien ou...

On me tira brusquement le bras et je sortis du rêve illicite. Anne avait le teint livide, les paupières lourdes. Elle était visiblement malade, elle voulait partir et elle me demanda de l'escorter jusqu'à la sortie.

Alertée par le malaise de mon amie, sans même accorder un regard à mon charmeur de serpents et d'oiseaux, comme s'il n'avait été qu'un songe, j'accompagnai Anne, presque inconsciente, jusqu'à l'extérieur où la brise nous raviva toutes les deux.

Nous avons marché jusqu'à la plage déserte en ce milieu de nuit, bienveillante sous ce ciel paré d'une infinité de diamants blancs. Étendues l'une à côté de l'autre, nous nous sommes remémoré les derniers événements, les émotions encore toutes fraîches de cette atmosphère sybaritique. Anne me raconta qu'elle avait découvert deux femmes dans la salle de bains, l'une d'elles avec une seringue à la main. C'était trop demander à sa raison. Et pourtant... Elle avait eu envie de se laisser prendre sans comprendre ; envie de se jeter, les yeux fermés, entre les jambes musclées de ces femmes se mangeant à pleine bouche ; envie de prendre à la gorge l'insoumise que l'autre tente d'asservir à coups de coude, à coups de poing, à coups d'aiguille ; envie de frapper, de faire mal et d'en jouir ; envie de protester contre la violence tout en se faisant sucer le con. Envies vite dissipées, envies que mon amie a fuies pour des raisons d'ordre moral.

Anne et moi sommes demeurées là, couchées sur le sable entre les mots et les silences, et je me suis demandé pourquoi l'amitié était si prude. Pourquoi n'étais-je pas capable de la serrer dans mes bras et de lui dire que je l'aimais ? Pourquoi ne me suis-je pas penchée au-dessus d'elle pour l'embrasser ? J'aurais voulu, par ce baiser amical, plonger en elle, la marquer du sceau de l'amitié « pour toujours ». Mais je suis demeurée immobile, sans voix. Seuls quelques mots chastes pour lui signifier mon bonheur qu'elle m'ait accompagnée à Miami. J'aurais voulu me rapprocher d'elle mais sans que cela soit motivé par une quelconque pulsion sexuelle. J'aurais voulu me fondre en elle pour qu'elle ne m'oublie pas, pour que cette amitié dure, même lorsque nous serions séparées.

La dernière journée, mon amie l'employa à se prélasser tranquillement sur la plage tandis que moi je la passai en compagnie de Patrick. Ce dernier était arrivé vers onze heures, ce matin-là. Après s'être rafraîchi et avoir enfilé des vêtements propres, il m'invita à déjeuner. Attentif à mes moindres souhaits, comme s'il avait devant lui une déesse qu'il désirait combler de mille délicatesses, il me fit la conversation, en me louangeant encore davantage que la première fois.

Il me fit visiter son théâtre, où, m'avoua-t-il, il ne venait plus que très rarement, tellement il était absorbé par d'autres occupations sur lesquelles il demeura discret. Passionné des arts mais nullement artiste lui-même, il se considérait davantage comme un mécène. Il était également associé à une galerie d'art gérée par son ex-femme et il m'y conduisit, à mon grand plaisir.

Nous sommes rentrés à l'appartement de la rue Collins vers seize heures. Je lui répétai encore une fois combien j'appréciais le service qu'il nous avait rendu, à moi et à Anne, en nous permettant de disposer de son appartement. Comment pouvais-je le remercier? Il m'affirma qu'il était ravi de pouvoir m'accommoder et que si je désirais revenir à Miami, j'y serais accueillie tout aussi chaleureusement, tout comme mon amie d'ailleurs.

Nous avons abondamment parlé des arts et du milieu culturel de Miami. J'appris aussi que Charles avait informé son ami de la nature de notre relation... Peut-être espérait-il profiter de mes qualités de massothérapeute ? Je lui suggérai qu'il pouvait se faire masser... Ma proposition le fit rougir. Il bafouilla qu'il ne voulait pas abuser de moi, ni me déranger mais qu'il apprécierait bien un bon massage. J'étais heureuse de lui donner ce dont il semblait tant manquer dans sa vie pourtant bien agitée, un peu d'affection, de tendresse. Avec mes mains posées sur son corps, il se laissa aller aux confidences. Il confessa qu'il ne consacrait que très peu d'énergie à entretenir des liaisons amoureuses mais il réalisait qu'une présence féminine, même simplement amicale, lui faisait cruellement défaut certains jours. Son horaire de travail le confinait souvent à la solitude d'un poste de télé ou au visionnement d'un film érotique. Lorsqu'il lui arrivait de sortir, il s'avérait peu entreprenant avec les femmes. Plutôt timoré, il rentrait souvent seul chez lui, plus amer encore.

Un léger frôlement de mes mains à l'intérieur des cuisses a suffi pour qu'il jouisse, mais je m'attardai longtemps encore sur son dos, ses jambes, ses fesses. Je lui dis que je le voyais beau et généreux, que je voulais l'écouter encore, le regarder et lui sourire. Mais le temps courait et je dus le quitter pour aller chercher Anne et prendre l'avion de vingt heures.

Je me sentais comme un arbre dont la sève remonte à la surface ; cet intermède de quinze jours me fit le plus grand bien. Décrocher, respirer, dérouter les habitudes, atteindre ces instants de plénitude où tout souci perd sa gravité pour n'être plus que futilité et où le bien-être devient l'unique quête. J'avais comblé ce besoin d'évasion dans la nature, de cinéma et de lecture, ce besoin de recueillement au bord de l'eau et de musique vaporeuse. Mes amitiés étaient également nécessaires à mon équilibre. Avec Josée, avec Anne également, de qui j'étais encore plus proche depuis notre voyage, sa présence, ses répliques, sa complicité... une fleur dans un champ de bataille.

Trois semaines à peine après notre retour, nous sommes reparties, Anne et moi, pour une autre excursion vacancière, plus brève celle-là et moins lointaine : le mont Saint-Pierre, en Gaspésie. Nous avons loué une chambre dans une petite auberge située tout près du fleuve. Le choc culturel ! Faire escale dans un endroit comme celui-ci, c'est comme débarquer dans cinq, dix, vingt pays à la fois, les voyageurs étant selon moi des ambassadeurs plus représentatifs que les ambassadeurs officiels.

Christopher, originaire de San José en Californie, avait la carrure d'un athlète, l'accent charmant, avec de petites rides autour des yeux lorsqu'il souriait, les cheveux châtains, le regard clair comme l'eau encore pure. Il venait chaque été au mont Saint-Pierre pour travailler à l'auberge. Grand amateur de deltaplane, il offrait à qui le voulait l'occasion de faire le grand saut. Et deux fois plutôt qu'une s'il y avait affinités...

La première fois, à quatre cent cinquante mètres dans les airs, entre le Saint-Laurent et les dieux mythologiques, en tandem sous la coupe d'un oiseau de toile blanche. Quelle sensation extraordinaire que celle de voler, porté par les vents ascendants, inspiré d'absolu, emporté vers l'infini jusqu'à l'empyrée où l'on erre en prince.

La deuxième fois...

En fin de journée, Anne et moi sommes redescendues à l'auberge, où Christopher vint nous rejoindre un peu plus tard. Avant son arrivée, nous avons échangé nos impressions sur ces instants mémorables et sur notre initiateur américain. Nous avons ainsi découvert que nous étions toutes deux attirées par lui. Elle avait envie de lui, j'avais envie de lui et, de son côté, qu'en était-il? Nous avions cru deviner, par ses propos et son empressement, qu'il désirait nous séduire. Mais la perspective de le surprendre nous plaisait; nous voulions l'étonner, l'exciter, l'essouffler, lui faire perdre la tête à ce Kinnara.

Ce parfum de conspiration qu'il crut déceler, chez moi et ma copine, sembla intriguer Christopher. Nous ne voulions surtout pas le décourager, au contraire nous avons cherché à intensifier le mystère, par toutes sortes de sous-entendus, de sourires en coin, de clins d'œil complices. Nous avons joué le jeu de la séduction.

Nous avons tissé notre grande toile avec application. Lorsque notre ami américain devina nos intentions, il se prêta volontiers et avec beaucoup d'intérêt à notre manège. Maintenant complice, il précipita les événements et nous proposa la plage, un feu et des couvertures. Une ambiance douillette et confortable, propice aux rapprochements. Christopher s'allongea sur la couverture. Anne, à ses côtés, la tête enfouie dans son cou, semblait lui murmurer des mots doux. J'étais assise près du feu et je les regardais, elle et lui ; je trouvais beau ce cocon qu'ils formaient, leurs bouches unies. Je devinais leurs mains courant à l'aveuglette sous les couvertures. J'aurais aimé les rejoindre mais je préférai attendre. Bien évidemment, je me sentis, pendant ce court laps de temps, exclue, mise de côté ; j'avais envie de tirer un grand rideau noir sur eux et de m'en aller. Mais je compris finalement que c'était à moi de briser ce sentiment d'exclusion. J'allai donc m'étendre de l'autre côté de Christopher, me collai à son dos, épousant ses formes et laissant ma bouche vaquer sur sa nuque. Je déployai mes mains jusqu'à ses fesses, puis entre ses cuisses où je rencontrai les doigts fins de mon amie. Christopher se tourna vers moi et déversa dans ma bouche des milliers de braises avec sa langue nerveuse, passerelle tendue entre Anne et moi. Bordé par deux jeunes sybarites avides d'abolir toute censure, il volait à l'Olympe tous ses délices.

C'est dans cet état de fièvre intense que nous avons décidé de nous déplacer jusque dans notre chambre, heureusement privée, à l'abri des indiscrétions et du froid qui commençait à sévir à l'extérieur. En chemin, je pris Anne par le cou, mes yeux sondant les siens de toute évidence allumés de désir. Mon amie bifurqua vers la salle de bains alors que Christopher et moi sommes montés à la chambre. Aussitôt entré dans la pièce, mon compagnon se débarrassa de son chandail et, s'approchant de moi, il me demanda de me déshabiller. Il recula d'un pas pour mieux me voir faire glisser mon pantalon sur le sol, retirer ma chemise et dégrafer mon soutien-gorge. Mes seins frémissaient, mon ventre palpitait et la tête me tournait. Il s'avança de nouveau vers moi et me dit tout doucement à l'oreille qu'il me trouvait belle, qu'il avait envie de moi. Il m'embrassa, baisa mon cou, posa une main sur mon ventre brûlant, juste à la lisière de ma petite culotte. Je me laissai choir sur le tapis, sous l'ombre géante de mon partenaire. La lumière s'évanouit subitement pour faire place à quelques chandelles qui crachèrent une à une leur petite langue de feu. Anne, assise près de moi, penchée sur mon visage, me regardait en souriant tandis que Christopher tirait sur mon slip. La pointe chaude et mouillée de sa langue sur les parois de mon sexe; la main cajoleuse d'Anne dans mes cheveux. Intimidée par ce premier contact si intime avec ma copine, je n'osais laisser éclater les gémissements qui montaient jusque dans ma gorge. Anne dut s'en apercevoir car doucement elle se leva, se dévêtit complètement puis abria de son corps celui de Christopher étendu entre mes cuisses.

Appuyée sur mes coudes, je contemplai ce joyeux tableau que nous formions. Les jeux d'ombres et de lumière dessinaient sur notre peau un mystérieux canevas. Christopher se dégagea de l'étreinte de mes jambes et Anne et lui se levèrent; debout, l'un en face de l'autre, ils s'observèrent comme deux candidats au duel. Toujours en le regardant dans les yeux, mon amie défit la boucle de sa ceinture puis réussit à dégager de son pantalon un membre dressé dont les veines saillantes battaient la mesure d'une passion grandissante. À genoux devant lui, elle se mit en devoir d'agacer ce sexe impatient pour ensuite le faire disparaître dans sa bouche d'où il ressortit davantage excité.

J'étais fascinée par ce spectacle et par l'assurance spontanée d'Anne. Je les fixais et souhaitais ardemment qu'il lui redonne son plaisir, qu'il l'abreuve d'un flot de jouissances. Ma complice retira complètement le pantalon de Christopher et celui-ci la souleva et l'amena jusqu'à sa bouche affamée. Mon amie se laissa entraîner jusqu'au lit. Christopher monta sur elle. Moi, voyeuse consentante, je les regardais, je voyais le sexe raidi pénétrer Anne et j'entendais les bruits de leurs sexes s'ébattant. D'où j'étais, je ne pouvais apercevoir le visage de mon amie, sa tête pendant quelque peu hors du lit, mais j'admirais son corps si gracile, fragile, prêt à se casser à la moindre secousse trop violente. Je regardais ses hanches se soulever pour mieux accueillir ce dard en elle; Anne était belle, souple, légère comme un rêve, comme la liberté.

Je frôlai le dos de notre amant, ses fesses, l'intérieur de ses cuisses, son escarcelle, extrêmement sensible. Il gémit sous l'effet de mes caresses puis sourit. Nous composions, à trois, un hymne au corps, à la sensualité, au plaisir. Je m'allongeai auprès de mon amie qui avait fermé ses yeux. Sa bouche était entrouverte, son souffle haletant. Je posai un doigt sur ses lèvres, y dessinant un sourire radieux ; je posai ma tête sur son sein, émue, touchée. Christopher se retira doucement d'Anne pour venir m'explorer à mon tour.

Tempête de jouissance retentissant jusque dans ma tête pour retomber sur nous trois dans une fine bruine chaude. Nous ne bougions pas, le moment s'était fixé dans les airs. Puis le rire a fusé, un arc-en-ciel après la tempête, et nous nous sommes mis à rire, rire, rire ; cascade rafraîchissante qui nous a sortis de notre torpeur.

Ce n'est qu'au lever du jour que Christopher a regagné sa chambre, épuisé, terrassé par cette nuit passée entre les caresses, les histoires frivoles, les rires et les baisers. Anne et moi avions volé de longs moments au sommeil mais nous nous sentions néanmoins en forme, suffisamment du moins pour reprendre la route qui nous séparait de notre domicile.

Nos émotions, nous les avons exprimées tant bien que mal avec des mots ; toutes deux, nous avions vécu cette nuit comme une expérience, motivées par la curiosité. Mais nous étions également d'accord pour dire que des sentiments se cachaient sous cette curiosité un peu calculée. Une véritable communion de nos sens, à travers cet homme, modifiait notre façon de nous regarder mutuellement.

☐

Mon attachement à Philippe touchait des régions encore vierges de mon être ; jamais je ne m'étais abandonnée avec une telle quiétude. Rassurant. Apaisant.

Mon ami m'avait fait découvrir un endroit de rêve à la campagne, une petite crique bordée d'arbres aux bras immenses et dont l'eau cristalline permettait de voir de minuscules poissons polychromes. Cet endroit encore inconnu autorisait le naturisme le plus complet ; et quoi encore ?... Nous y passions quelques heures ou parfois des journées entières comme ce matin où Philippe est venu me chercher très tôt, équipé de tout le bazar nécessaire à une douce journée de *farniente*.

Mon travail ne me procurait aucune contrainte et je pouvais organiser mes horaires selon les goûts et les imprévus du moment. Je savais que je me débrouillerais toujours pour jouir de ma liberté. C'était beaucoup plus qu'une simple question d'horaires mais une philosophie, un art de vivre.

Nous passions de longs moments à nous prélasser sous un soleil impétueux et à nous rafraîchir dans l'eau glacée ; à discuter de la vie, des gens, de l'amour... Nos discussions étaient franches, sincères, exemptes de tout préjugé. Il m'écoutait, buvait mes paroles, réfléchissait, puis me donnait son opinion ; il écoutait mes silences, observait mon regard, mes attitudes. Je savais que sa compréhension allait bien au-delà des mots dits.

Et lorsque nous abordions la question de l'amour, c'était relié l'un à l'autre, son sexe allant et venant calmement dans mon ventre. J'éprouvais pour Philippe énormément de tendresse, un sentiment qui ouvre davantage d'horizons que la passion et qui fondait un amour véritable pour cet homme, mon ami, mon amant, mon confident ; un amour aussi grand qu'il y a de femmes et d'hommes à connaître, aussi grand qu'il y a de sciences à apprendre et de beautés à découvrir.

Philippe m'invita à souper chez lui, le lendemain. J'y rencontrerais Laurence, que j'avais entrevue une fois dans un magasin où elle se trouvait aux côtés de Philippe. Nous n'avions guère échangé mais je me souviens l'avoir trouvée belle et d'en avoir même été un peu intimidée. Elle était grande et élancée mais un peu plus costaude que moi.

Philippe habitait à la campagne une maison de bois et de pierres des champs entourée d'arbres bienveillants. Un énorme chien labrador vint à ma rencontre, suivi rapidement d'un second, plus petit celui-là. Je fus accueillie par un Philippe à l'humeur gaillarde, puis par Laurence qui me gratifia d'un baiser sur la joue. Je me suis aussitôt jointe à Laurence pour les préparatifs du souper tandis que Philippe dressait les couverts. Nous en avons profité, Laurence et moi, pour faire plus ample connaissance. Mon travail l'intriguait, bien entendu. Laurence travaillait, à mi-temps, comme intervenante auprès de jeunes en difficulté. Elle me parla aussi de sa rencontre avec Philippe qu'un ami commun lui avait présenté. Dès leur première rencontre, elle l'avait aussitôt détesté. Elle l'avait trouvé arrogant, rude et insolent. Il s'était montré très entreprenant auprès d'elle, se disant convaincu qu'ils étaient faits l'un pour l'autre. Il l'avait presque violée. Mais c'est pendant ces ébats singuliers que débuta leur passion. Elle, d'abord troublée, hésitant entre ce qu'on lui avait appris du respect nécessaire et sacré, et ses pulsions qui la catapultaient vers lui. Ces dernières eurent finalement raison de ses principes.

Après le repas, nous sommes allés marcher dans le petit boisé, derrière la maison, accompagnés par les deux chiens. La lumière du jour commençait peu à peu à s'estomper. Je me sentais tout à fait à l'aise en leur présence, tout en étant plus réservée que lorsque seule avec Philippe. J'aurais aimé demander à Laurence ce qu'elle pensait de moi, ce qu'elle ressentait à mon égard. J'aurais voulu lui avouer mon amour tout à fait désintéressé pour Philippe. Lui dire que je la comprenais.

Nous nous sommes rencontrées à quelques reprises par la suite, soit pour manger ensemble ou pour aller au cinéma. J'ai même pris place au milieu d'eux, dans leur lit, le temps d'une nuit. Mais si je ne me suis pas liée à Laurence aussi étroitement qu'avec Anne ou Josée, j'étais heureuse d'assister à leur bonheur. Jamais je n'aurais voulu briser cette union, cette entente entre eux deux.

□

Mais certains hommes ne se préoccupaient guère d'en faire autant avec moi. Je vécus ainsi de durs moments. Moments de découragement. Moments de lassitude, d'écœurement. L'envers de la médaille, la face cachée de la lune, alors qu'il faisait froid, me débattant en pleine obscurité, alors que des hommes irrespectueux et vulgaires venaient à bout de ma tolérance. Je les méprisais, ces hommes, à ce point insensibles à l'autre.

Il y eut cet homme qui refusait de débourser plus de trente dollars alors que je lui avais donné des caresses allant jusqu'à la jouissance, l'autorisant même à toucher les grains de ma peau et à m'embrasser. Étais-je à ce point incompétente dans l'art du massage? Croyait-il, cet homme, que je n'avais fourni aucun effort, que tout était facile pour moi et que, par conséquent, je ne méritais pas une plus juste rémunération? Pourquoi payer davantage puisque d'autres filles offraient jusqu'à leur corps pour soixante dollars? rétorqua-t-il, fier de son assurance. Il ne valait pas la peine de discuter plus longuement. Je lui demandai de partir.

Ou encore cet inconnu se masturbant sur le pas de ma porte, à l'extérieur de ma maison. Sommé de partir, il me répondit grossièrement: «Tu ne veux pas me sucer avant que je parte?» Étant donné l'obscurité, je ne pouvais pas voir s'il s'agissait d'une personne déjà rencontrée.

Il y avait aussi ces appels grossiers, obscènes, remplis de haine et de mépris. Chaque fois, ces appels atteignaient leur but, me détruisaient ou m'obligeaient à m'interroger.

Tout cela venait parfois à bout de mes résistances. La tristesse s'installait, puis la révolte, l'épuisement. La beauté du monde en prenait un coup. Mais cela ne durait qu'un moment.

J'ignore si masser des femmes aurait été différent. Je crois que oui. Quoi qu'il en soit, aucune femme ne m'avait appelée pour s'informer de mes services, qui pourtant s'adressaient clairement aussi bien aux femmes qu'aux hommes.

Pourquoi les femmes n'osaient-elles pas? Je savais, pour cause, qu'elles appréciaient autant que les hommes, sinon plus, recevoir un massage, mais les tabous y sont toujours omniprésents, davantage que chez les hommes. Les femmes ont acquis plus de liberté, mais il reste encore beaucoup de chemin à parcourir. Les femmes, je crois, associent facilement la sexualité à des émotions bien précises. Elles ne peuvent rechercher le sexe pour tout le bien qu'il porte en soi ou qu'il peut procurer. Elles ressentent puis agissent mais elles n'agissent pas pour ressentir.

Une femme peut-elle, elle aussi, s'impliquer sexuellement, avec détachement, sans émotions amoureuses ou même sans nécessairement éprouver une envie, un désir, dans le seul but d'expérimenter ou d'envisager d'autres intérêts que la compensation sentimentale?

Un jour une voix féminine m'appela, enfin. Une voix si timide que j'avais peine à l'entendre. Elle désirait des renseignements sur mes services. Je l'éclairai donc sur ce que j'offrais, sans toutefois lui révéler la possibilité de contacts plus intimes. Constatant à l'autre bout du fil son embarras, je devinai qu'elle sous-entendait déjà cette façon de faire et je dus moi-même lui soutirer les questions qui lui brûlaient la langue. Recherchait-elle des rapports plus sensuels, voire érotiques ? Prenant sans doute son courage à deux mains, elle me répondit que oui. Elle me révéla tout de go qu'il n'y avait pas très longtemps, elle avait fait l'amour avec une femme pour la première fois et qu'elle avait adoré ça. Mais elle était également troublée : était-elle lesbienne ? Elle voulait mon avis. Obsédée par ces tumultes qui bousculaient ses croyances et ses valeurs, c'est à moi qu'elle confessa rêver de femmes depuis longtemps, qu'elle se sentait très attirée par celles-ci et peu par les hommes. Malheureusement mariée, elle jonglait avec l'hypothèse d'un divorce. C'est vers moi qu'elle lançait ses incertitudes, c'est moi qu'elle avait pigée au hasard dans les petites annonces d'un journal !

Après avoir longuement discuté avec elle, je l'encourageai à se diriger vers ce qui semblait bon pour elle. Je ne pouvais être plus précise, ne la connaissant pas. Elle se fit de moi l'image d'une femme déterminée, ouverte et épanouie.

Elle me rappela le lendemain et quelques jours plus tard et encore... C'est ainsi que nous nous engageâmes dans une relation à distance où, par le biais du téléphone, nous nous livrions quelques secrets d'alcôve, timidement d'abord puis de plus en plus ouvertement. Elle s'appelait Catherine, travaillait comme mannequin pour des agences publicitaires. Elle s'était mariée par «obligation» à un homme qu'elle n'aimait pas mais elle était maintenant déterminée à divorcer et à entreprendre une vie nouvelle. Nos conversations se limitèrent essentiellement aux questions d'ordre sexuel : le type de femmes qui lui plaisaient, ses principaux fantasmes, dont celui d'être soumise par une autre femme, «lui appartenir», comme elle le disait elle-même, etc. Elle s'informa de mon attirance pour les femmes et je lui racontai mon aventure avec Josée, avec Anne, tout en exagérant mon attraction véritable pour ces dernières, dans le seul but de nourrir nos ébats verbaux. Rapidement, nous nous sommes mises à fantasmer. Pour Catherine, je jouai le jeu d'une femme dominatrice, lui répétant qu'elle m'appartenait, qu'elle était mon esclave. Je devais lui décrire, avec des mots crus et grossiers, les sévices que je lui ferais subir. Cela semblait l'exciter terriblement.

Inexpérimentée dans ce rôle de dominatrice, j'improvisais et, avec le temps, je devenais plus affirmée, plus sévère. Une partie de moi affichait sa toute-puissance ; je pouvais sévir, ordonner, soumettre, dominer. Malgré l'exaltation de cette découverte, il ne s'agissait pour moi que d'un jeu, d'une mise en scène où les mots s'appropriaient toute l'ampleur de nos fantasmes sans rendre compte de nos faiblesses ou de nos craintes. En présence de Catherine, je ferais sans doute preuve de moins d'assurance.

Nous fixions toujours à l'avance l'heure à laquelle elle m'appellerait, ne pouvant moi-même lui téléphoner pour je ne sais quelle raison. Un soir où elle devait m'appeler vers les vingt et une heures, je suis allée, un peu avant notre rendez-vous téléphonique, louer un film porno, montrant des relations homosexuelles, bien évidemment. Lorsque le téléphone sonna, le film était déjà commencé depuis quelques minutes. Je demandai à ma partenaire téléphonique où elle se trouvait en ce moment et si elle était seule. Effectivement seule, elle était allongée sur le canapé du salon. Je lui ordonnai alors de se dévêtir totalement. Elle protesta pour la forme, me demandant la raison de ce scénario. Je la fis taire impérativement. Elle devait m'écouter et faire tout ce que bon me semblerait ; elle m'appartenait, j'étais sa maîtresse. Moi-même nue, couchée à même le sol, je lui expliquai que j'avais sous les yeux un film très salé qui se déroulait dans une prison pour femmes et que j'allais lui en commenter quelques scènes. Mais en aucun cas elle ne devait se toucher sans mon consentement.

Bien sûr, je ne pouvais vérifier si elle m'obéirait en tout et pour tout mais j'en étais presque certaine, trop heureuse qu'elle était de se prêter à ce jeu. Ce n'était pour moi qu'une simple mise en scène mais pour elle ce jeu était de fait très sérieux, trop sérieux d'ailleurs. Par moments, elle faisait preuve d'une attitude si obséquieuse à mon égard que je décrochais. Elle ne sortit jamais de son rôle de femme soumise. Lorsque je tentai de porter notre discussion sur d'autres aspects de nos vies, de prendre un peu de recul, d'approfondir ce qui aurait pu devenir une relation amicale, elle refusa carrément, confinant nos propos au cadre exclusif de la maîtresse et de l'esclave.

— La fille est jetée dans une cellule avec deux autres femmes...

— Décris-la-moi.

— Elle est blonde, très bien faite, avec de petits seins pointus. Les deux autres femmes la détaillent de la tête aux pieds et l'une d'elles lui dit qu'elle la trouve mignonne. La fille est mal à l'aise, elle crie pour sortir mais les deux autres se mettent à rire. Une des femmes lui explique qu'elles pourraient passer de bons moments ensemble. Pendant que celle-ci tente de la convaincre, l'autre lui tourne autour, puis essaie de l'embrasser, mais la fille recule aussitôt. Alors la femme, en colère, la délaisse en la traitant de salope et se jette sur l'autre femme, une brune un peu grassette. Elle la déshabille et se met à lui sucer la pointe des seins. Elle lui écarte ensuite les cuisses pour lécher son sexe. Elle se retourne vers la fille qui regarde le spectacle et lui demande si elle désire goûter. Alors la fille s'approche timidement, se déshabille elle aussi, se penche et commence à embrasser à son tour le con de la brune pendant que l'autre se place derrière elle, écarte ses fesses avec ses mains et glisse sa langue...

À l'autre bout de l'appareil, j'entendais Catherine respirer et pousser des petits soupirs de tourmente. Je l'imaginais attentive, l'oreille collée à ce récepteur qui lui fournissait des images obscènes, les absorbant goulûment jusqu'à parvenir à l'orgasme lorsque je lui en donnai la permission. Sa jouissance éclata dans un cri strident, m'éclaboussant avec force décibels.

Une fois par semaine, Catherine m'appelait, me parlait comme on joue à la séduction, prenait le téléphone comme on fait une avance, son désir comme un fruit mûr. Dès le début de notre conversation, comme si elle laissait rapidement tomber ses vêtements, elle nous entraînait presque toujours dans une valse lubrique, faite uniquement de mots que nos voix dirigeaient, que nos silences orchestraient, que nos halètements rythmaient et que nos soupirs clôturaient.

Une fois débarrassées de l'exaspération de nos sens, la plupart du temps nous raccrochions sans même prendre le temps de fumer une cigarette ensemble. Parfois, à l'occasion d'une chaste intermission, nous nous laissions aller à quelques confidences, nous échangions des propos anodins... C'est au cours d'un de ces intermèdes que Catherine me parla d'un de ses amis, Richard, domicilié depuis peu en ville. Avocat, il travaillait dans une firme nouvellement établie. Il s'agissait d'une personne très respectable, selon elle, mais il se sentait souvent seul, surtout depuis son tout récent divorce.

Richard, tout comme Catherine, rêvait d'être dominé, de tomber sous le joug d'une femme, belle et autoritaire, qui saurait le mater vigoureusement. Je ne pensais pas être la femme capable de combler ses désirs mais Catherine, elle, en était tout à fait convaincue. Elle réussit à me persuader de le rencontrer, « au moins une fois ». Elle me fit part des préférences de son ami, me suggéra mon habillement, ainsi que l'attitude qu'il me fallait prendre. Novice, j'acceptai tout ce qu'elle me proposa.

Un soir, Richard vint donc frapper à ma porte. Âgé d'une cinquantaine d'années, il n'était pas très grand, avec des yeux perçants au fond de leur orbite ; une moustache dissimulait ses lèvres trop minces. Son regard m'enveloppa rapidement : il parut satisfait. Je lui plaisais dans ma jupe ultra courte et ma blouse qui bâillait sur un soutien-gorge de dentelle. Je l'invitai à s'asseoir, lui offris à boire et m'assis en face de lui. Il cherchait ses mots, son regard posé sur le plancher devant lui ou dans son verre d'eau Perrier, mais surtout pas dans mes yeux. Il était visiblement intimidé. Je profitai alors de sa gêne pour reprendre de l'aplomb, malgré les sept centimètres de mes talons. C'est moi qui brisai la tension en l'interrogeant sur ses premières impressions de la ville, sur son nouveau travail... Je le regardais droit dans les yeux tout en croisant et décroisant mes jambes, laissant entrevoir le mince voile de dentelle qui voilait à peine ma toison couleur châtain. Je passais du « vous » au « tu », manifestant ainsi subtile-ment ma position dominante. Petit à petit, l'entretien dériva sur le véritable motif de notre rencontre.

— Je crois que Catherine vous a déjà parlé de mon... fantasme ?

Je hochai la tête de façon affirmative.

— Je ne sais pas comment vous dire... enfin,

j'aimerais pour ce soir que vous soyez, enfin... que vous soyez ma maîtresse.

Il me remettait dans la bonne direction et il désirait manifestement que je fasse les premiers pas. Il me suivrait dans cette direction, ne souhaitant, n'attendant que cela.

Je me levai et m'approchai de lui, en le fixant dans les yeux. Soudainement, j'eus peur. Peur de n'être pas à la hauteur des attentes de cet inconnu, peur de manquer de crédibilité, peur de mal jouer le personnage de la «maîtresse» dont il rêvait. Je réalisai une fois de plus combien il me tenait à cœur de satisfaire tous ces gens qui faisaient appel à moi pour arriver à leur mieux-être. Mais je me réassurai : si jamais j'échouais à le satisfaire, sans doute serais-je déçue, en effet, mais je n'avais rien à perdre vraiment, sinon l'intérêt d'un homme que je ne connaissais même pas.

Je m'avançai vers lui, tout doucement. Mon regard était teinté d'impertinence, et le sien, d'inquiétude.

— Me trouves-tu belle ? Désirable ?

Il remua la tête, empourpré : oui, il me trouvait belle et désirable.

Tel un gant de cuir paraissant trop étroit mais dont le cuir se moulait inévitablement à votre main comme une seconde peau, je collais à la peau de mon personnage ou celui-ci à moi, je ne sais trop. Ayant fait mes classes avec Catherine, je tenais bien mon rôle ce soir-là devant Richard. Cependant, cette fois-ci, il s'agissait de gestes bien concrets.

— Ainsi tu désires être mon esclave ? Feras-tu
tout ce que je te demanderai ?

— Oui, oui maîtresse ! Vous pouvez me demander tout ce que vous voulez, j'obéirai.

— Je l'espère bien, sinon je serai obligée de te
punir.

Son teint, de plus en plus rouge, trahissait l'excitation qui gravissait les mêmes échelons que mon
autorité, mais je me demandais qui de nous deux
plafonnerait le premier. Je me mis à tourner autour
de lui, le réprimandant lorsque ses yeux scrutaient
un peu trop mon décolleté. Je poussai même l'audace jusqu'à le frapper quand sa main frôla ma
cuisse. Stupéfaite moi-même par mon geste, et surtout par la spontanéité et la conviction de son élan,
ahurie pendant un bref instant, je me ressaisis et
remarquai l'air contrit de Richard, la tête humble-
ment baissée, qui se confondait en pardons.

Assise de nouveau en face de lui, je remontai ma
jupe, écartai largement mes cuisses et dégrafai les
derniers boutons de ma blouse. Ses yeux plongèrent
aussitôt dans les miens. Il avait du mal à se contrôler, s'agitant sur sa chaise, me suppliant de le
laisser me regarder de haut en bas. J'opposai un non
catégorique. Il devait auparavant se dévêtir devant
moi. Il s'exécuta immédiatement, sans me quitter
des yeux un seul instant. Je cadenassais son orgueil,
sa volonté, son rang social, sa bonne éducation. Il
s'agissait d'une prison dorée puisque celle-ci lui
procurait le plaisir tant recherché.

J'humectai mes doigts de salive et les posai sur le
monticule de mon sexe, puis les fis glisser sur ma

vulve. Son regard, maintenant libre, bascula aussitôt sur mes doigts plongés dans mes chairs froissées. Il s'en régalait, attentif au moindre geste, et il éprouvait de plus en plus de difficulté à demeurer coi sur sa petite chaise droite.

— Approche-toi. Oui, tu peux te mettre à genoux près de moi et me regarder me caresser. Regarde-moi bien, regarde mes doigts s'enfoncer dans mon vagin. Tu aimerais bien y mettre la langue, n'est-ce pas ? Parce que tu n'es qu'un vicieux, un pervers et tu mérites bien d'être à genoux devant moi, ta maîtresse, comme un sale petit chien minable que tu es !

Mots âpres, durs ; mots qui écorchent la gorge et qui se disent d'une voix cassée et rauque. Paroles humiliantes qui lui procuraient dans une extase exquise.

Il avait maintenant pris son sexe dans sa main droite et l'agitait frénétiquement. À me demande, il sonda ma chatte avec acharnement, sa petite langue chatouillant frénétiquement mes sens. Je fis semblant d'atteindre l'orgasme, avec force râles et gémissements, auxquels vinrent s'amalgamer les notes de sa propre jouissance. Il leva la tête vers moi, le visage figé par une convulsion orgasmique, et m'avoua sa difficulté à jouir et même à avoir une érection. Tandis qu'avec moi... Je venais de lui faire cadeau de quelque chose de merveilleux, d'inestimable. Ému, les larmes aux yeux, il me remercia puis partit aussitôt.

J'étais étonnée, confuse. Satisfaite mais apeurée.

Ma première réaction fut de me dire que je ne voulais plus revoir cet homme pour qui j'avais dépensé une grande quantité d'énergie que même les cent cinquante dollars qu'il m'avait laissés ne justifiaient pas. Cette expérience était trop dérangeante. Qui peut se vanter de toucher l'intimité profonde de quelqu'un, qui plus est un étranger, sans en revenir profondément troublé ? Je craignais qu'il ne veuille recommencer, trop heureux d'avoir enfin trouvé son plaisir. Mais, d'un autre côté, je me sentais agréablement surprise. Ce n'était pas d'avoir dominé Richard mais bien d'avoir réussi à l'émouvoir.

Ce qui me perturbait le plus, je crois, c'était de me rendre compte que j'avais en moi des pulsions, des instincts de violence, d'agressivité et de tyrannie. Sans même réfléchir, j'avais frappé un homme dont la soumission m'inspirait l'abus. Lorsqu'une personne agit en victime, n'a-t-on pas envie de bousculer un peu son inertie ? Bien sûr. Alors mon geste envers Richard, bien qu'extrême, n'était-il pas naturel ? Poussée à mes limites, jusqu'où pourrais-je ainsi aller ? Je venais de vivre une expérience à la fois perturbatrice et fascinante.

Quoi qu'il en soit, je respectais cet homme et comprenais ses désirs d'asservissement.

L'exploration de notre sexualité fait partie de ces cheminements essentiels. Arpenter différentes avenues, trouver celles dans lesquelles on marchera sans craindre les ombres projetées sur les murs, parce que ces ombres seront notre propre prolongement. À cette exploration première, s'ajouteront parfois quelques détours, parfois futiles et parfois indispensables. C'est sans doute ce que j'ai fait en rédigeant une petite annonce destinée tant aux hommes qu'aux femmes et aux couples.

J'avais voulu accumuler le plus grand nombre de rendez-vous. J'ai reçu des dizaines et des dizaines de réponses provenant de tous les milieux, de personnes désireuses de croiser mon chemin.

Hommes esseulés, aventuriers en quête d'une flamme aussi ardente qu'éphémère : je devenais le havre anonyme entre leur travail et leur foyer. Femmes réservées et timides en quête d'amitiés lubriques. Lesbiennes assurées, assumées, reluquant les néophytes comme moi. Couples enhardis par la rencontre prometteuse d'une nymphette. Lettres vulgaires, pornographiques et vides. Appels de détresse. Dernier recours : la petite annonce rédemptrice par laquelle, peut-être, le secours néces-saire arrivera. Et, plus rarement, rencontres propices avec des êtres intelligents, sensuels, excitants.

Quelle jungle extraordinaire, fascinante mais malheureusement envahie de cœurs tourmentés, blessés ou emballés sous vide. Le hasard y joue sa toute-puissance, permettant néanmoins d'agréables surprises...

Je n'ai trouvé qu'une seule surprise. Il s'agissait d'un Français, ni beau ni laid. Il avait un regard bleu des plus profonds et ses paroles prirent facilement le dessus sur mes propres décisions. Je me suis laissée entraîner dans une chambre immense, pourvue d'un jacuzzi énorme, dans un motel quelque part en ville. Je n'éprouvais aucune attirance pour lui, aucun désir, et pourtant je me suis déshabillée, je me suis glissée dans l'eau bouillante où il m'a rejointe. Il m'a embrassée, puis il a pressé son corps contre le mien. Je demeurais passive, essayant tant bien que mal de ressentir une quelconque étincelle quelque part en moi. Rien! Avec sa bouche, il a englouti mon sexe; sa langue chaude, molle, ne m'a procuré que des sensations désagréables. Je me suis finalement dégagée de cette ventouse et je suis partie en lui expliquant qu'il n'y avait rien à faire, je ne me sentais pas bien. Il prit un air désolé, hébété. Il m'a regardée me rhabiller et sortir sans faire le moindre geste, sans tenter quoi que ce soit pour me retenir.

Si cette aventure ne laissa en moi qu'une piètre impression, il en fut tout autrement de celle qui suivit peu de temps après. Avec l'accord du couple responsable de *Fantasia*, j'assistai, un soir, à l'une de leurs soirées fétiches. Je m'étais donc rendue chez Josée et Claude afin qu'ils m'instruisent quelque peu et me préparent mentalement et physiquement. Il me fallait des vêtements de circonstance: une jupe de cuir très courte, un bustier noir et des souliers à talons vertigineux. Je n'ai aucun penchant pour le cuir ou pour les talons aiguilles mais j'aimais bien l'image que me réfléchissait le miroir. Je m'apprêtais à jouer un rôle, celui de la petite étudiante en sexologie désirant connaître certains comportements bizarres. C'est ainsi qu'on allait me présenter au groupe pour me permettre en toute tranquillité de n'être que voyeuse.

Josée avait revêtu, quant à elle, un robe super-moulante qui révélait tous ses charmes, ou presque. Elle portait également des cuissardes et, à son cou et à ses poignets, des sangles de cuir enfilées d'un petit anneau. La blancheur de sa peau tranchait, de façon presque indécente, avec le noir du latex.

Bien que plus discrète, la tenue de Claude me frappa, ne l'ayant vu auparavant qu'en veston-cravate : il portait un pantalon de cuir et une che-mise blanche. Sur ses hanches était attaché, telle l'arme d'un mercenaire, un martinet aux lanières inquiétantes.

Ils paraissaient tous les deux très fébriles et s'échangeaient des regards lourds de promesses. Ils me félicitèrent pour ma tenue vestimentaire tout en se moquant amicalement de ma nervosité apparente. Ils me rassurèrent en me disant que le groupe était tout à fait respectueux des individus et m'assurèrent d'un spectacle fascinant et insolite.

Le rendez-vous avait lieu dans un immeuble juxtaposé à une boutique de chaussures et à un cinéma. L'entrée était fort mal éclairée. Cela, à pre-mière vue, ne laissait en rien présager des promesses du paradis des fantasmes. Josée frappa à la porte. Trois coups consécutifs. Une femme vint ouvrir et, après avoir échangé quelques mots avec mon amie, elle nous invita à entrer. Le hall, sombre et silen-cieux, semblait abriter plus de fantômes que de joyeux noceurs. D'une pièce au bout du couloir, provenaient une musique en sourdine et un flot de murmures...

On me présenta à l'hôtesse qui nous accueillit. Nadine était une femme grande et mince, aux cheveux courts et noirs. Ses sourcils, épais et fournis, accentuaient son air sévère, tout comme son maquillage de charbon, d'ailleurs. Ses yeux étaient aussi noirs que sa chevelure. Un soutien-gorge clouté comprimait sa poitrine tandis que son pantalon semblait emprisonner sa croupe rebondie. Des cuissardes aux talons effilés accentuaient la maigreur de ses jambes. Son apparence générale n'inspirait guère la clémence mais plutôt l'âpreté, presque l'effarement. Mais on comprenait à sa voix douce et chaleureuse qu'il ne s'agissait en fait que d'un apparat d'occasion, nécessaire à ses fonctions de maîtresse des lieux.

— C'est donc toi, Sophie! Bienvenue parmi nous. J'espère que tu apprécieras ta soirée. J'ai déjà annoncé ta présence au groupe afin que personne ne soit surpris ou fâché de te voir ici. Au fait, nous sommes onze ce soir. Nous n'avons pas l'habitude de laisser quelqu'un regarder sans prendre part aux activités mais ça ira pour cette fois. Sens-toi tout à fait libre, cependant, si tu as envie de t'intégrer au groupe...

Cette dernière phrase fut ponctuée d'un large sourire plein de sous-entendus. J'ai senti le sang affluer à ma tête. Prenant conscience de mon malaise, Nadine me prit doucement par les épaules pour me dire qu'elle n'avait pas voulu me gêner, que je devais me sentir très à l'aise et que, s'il y avait quoi que ce soit, je pouvais recourir à elle en tout temps.

La pièce au bout du couloir ressemblait à un salon. deux sofas et quelques chaises y étaient disposés. L'éclairage, tamisé, créait une atmosphère intimiste, propice aux discussions et à la détente. On venait justement dans cette pièce pour bavarder et se reposer un peu de l'effervescence des jeux érotiques.

Tout le groupe s'y trouvait lorsque nous sommes entrés : Quatre hommes et quatre femmes, travestis pour l'occasion en fétichistes avec tout l'équipement nécessaire : cuir, latex, stretch moulant, chaînes chromées, corsets, bustiers, jarretières et bas de soie, vêtements pourvus de fenêtres impudiques dévoilant des morceaux de chair, le galbe d'une cuisse, une fesse charnue, les poils sombres d'un sexe, le secret d'une verge, l'opulence d'une poitrine...

Tous se retournèrent vers nous et s'empressèrent de venir nous saluer. On semblait heureux de se retrouver en « famille ». On me présenta comme l'étudiante en question. On me posa quelques questions à propos de mon « enquête », mais on ne se gêna surtout pas pour me détailler ouvertement, sans scrupule aucun. J'étais certes intimidée devant tant de désirs avoués ; je me sentais seule parmi ces gens aux motivations plutôt obscures. J'avais du mal à réaliser où je me trouvais actuellement. Même Josée et Claude me semblaient soudainement étrangers, transposés qu'ils étaient dans des rôles inconnus. De quel théâtre allais-je être spectatrice ? Heureusement, je n'étais qu'une « figurante passive ». Cette dernière pensée calma un peu mon agitation intérieure.

Nadine m'avait prise sous son aile et, devant mon trouble apparent, elle sourit. Elle m'expliqua qu'hommes et femmes formaient tous un couple, pour la plupart mariés depuis longtemps et socialement assez bien pourvus. Seule Marie-Lucie, « tu vois, celle avec un masque », venait seule et se mêlait aux scénarios selon les désirs de chacun. En fait, Marie-Lucie fut la première que je remarquai. Imposante avec ses talons de fer d'une hauteur plutôt spectaculaire, elle inspirait le respect, peut-être aussi la crainte car on semblait la regarder avec une certaine inquiétude dans les yeux. À sa ceinture pendait un martinet. « Elle est impitoyable, tu verras ! » murmura Nadine en souriant. Marie-Lucie se pencha à l'oreille d'un homme vêtu d'un pantalon ouvert aux fesses et dont le sexe semblait encore au repos. Il suivit aussitôt Marie-Lucie, entraînant avec lui une femme à l'air servile. Nadine me fit un clin d'œil.

La glace était rompue. Les autres quittèrent aussi le salon. La première réplique était donnée et le jeu devenait sérieux, je le sentais à l'atmosphère soudainement plus tendue. Je demeurai avec Nadine.

— Bon, je vais rejoindre les autres. Je te laisse à tes observations. De ce côté, il y a une petite chambre, pour ceux qui désirent plus d'intimité, et juste en face se trouve une pièce plus grande. Tu peux te promener, regarder, personne ne t'importunera, et si tu as besoin de quelque chose ou si tu as envie de participer, viens me voir!

Mais je n'avais nulle envie de participer, j'avais plutôt envie de sortir au grand air, de m'aérer un peu. Il n'existait qu'une seule règle qu'il ne fallait pas outrepasser : la pénétration. Toutes les fantaisies étaient permises, avec le consentement réciproque bien entendu. J'étais curieuse, fascinée même par ce rôle de voyeuse. Je fermai les yeux, puis les ouvris pour regarder ce spectacle inusité.

Dans un coin de la salle se tenait Nadine, hautaine, fière, froide. Ses mots me firent l'effet d'une douche glaciale. S'adressant à Josée, elle lui dit : « Mets-toi à genoux, salope! » Josée s'exécuta immédiatement. Docile, elle regardait par terre. Comme je l'appris plus tard, on ne devait jamais rencontrer le regard de son maître sous peine de sévères punitions, sauf avis contraire. Avec sa cravache, Nadine parcourut le corps de l'esclave et, brusquement, sans crier gare, elle lui frappa brutalement les fesses, arrachant à Josée un cri aigu. D'une voix mielleuse, Nadine susurra : « Tu aimerais me voir nue, n'est-ce pas, tu voudrais passer ta langue sur le con de ta maîtresse?... Si tu es une bonne fille, je te laisserai faire. » D'une petite voix chevrotante, Josée acquiesça. « Et tu aimerais bien que Sam vienne t'arracher ta petite robe, qu'il t'encule avec ses gros doigts, parce que tu n'es qu'une petite vicieuse. » Cette fois, Josée protesta énergiquement. Cette rebuffade provoqua la colère de Nadine et valut à l'insoumise de nouveaux coups de cravache. La dominatrice interpella le dénommé Sam, un homme plutôt petit mais costaud ; bardé de cuir, on ne voyait son visage qu'à moitié. Celui-ci ne se fit pas prier lorsque Nadine lui demanda de déchirer la minuscule robe. Il le fit avec le même plaisir qu'il mettait, l'instant d'avant, à lécher le cul de mon amie. Josée dut se pencher et coller son buste contre le sol, dévoilant ainsi son derrière sous le regard sévère de sa maîtresse. L'esclave, mue par le plaisir, se déhanchait avec fougue, comme si elle était atteinte de spasmophilie. Lorsque Nadine ôta sa jupe et s'installa sur une chaise juste en face d'elle, elle redoubla d'ardeur. « Allez, lèche-moi, mange-moi, petite vicieuse, pendant que tu te fais enculer ! » Sam, qui justement était allé chercher un godemichet, agrippa fermement les hanches de Josée et, dans un râle presque animal, comme s'il s'agissait de son propre sexe, força l'anneau étroit.

On ne semblait pas se préoccuper de ma présence. Placée un peu à l'écart, en fait dans les coulisses de ce théâtre licencieux, je ne pensais à rien, j'avais chaud, très chaud même. Je sentais l'excitation m'envahir, mais de façon sournoise. J'étais trop occupée à regarder, à épier, à scruter les visages et les corps.

Dans l'autre coin de la salle, un homme, ligoté et assis sur une chaise, regardait une femme, la sienne, peut-être, s'il faut en croire l'expression douloureuse de son visage, se faire harponner et bousculer par deux hommes, dont Claude. La femme, complètement nue, impuissante, se laissait aller à ce va-et-vient houleux. L'homme, soudain, n'en pouvant plus, leur cria de cesser leur manège. Le compagnon de Claude s'approcha en souriant.

— Tu ne vois pas que ta femme aime ça? Et tu sais pourquoi? Parce que ta femme, elle, aime les vrais hommes, les hommes virils qui savent la faire jouir, pas les mauviettes dans ton genre! N'est-ce pas que tu aimes ça, chérie?

Et la femme émit un petit oui timide. Alors que je croyais que le mari allait fondre en larmes, je constatai que son sexe redoublait d'ardeur. Quand celui-ci s'aperçut que le regardais, il devint tout rouge, et son sexe s'empourpra de plus belle! Voilà une victime consentante qui jouit de son statut de dominé. Un regard, une parole, un silence, cela suffisait à cet homme humilié pour trouver son plaisir, un plaisir intense et précaire à la limite de la souffrance.

D'une autre pièce de la maison, j'entendis des plaintes et des gémissements. Intriguée, je décidai d'aller voir de plus près.

Ce que je vis et entendis est difficile à décrire. Et pourtant, je n'ai pas une morale de dentelles. Une femme devant moi se faisait fouetter. Elle criait à chaque nouveau coup et pourtant elle semblait accepter son sort. Et Marie-Lucie, impassible, persistait et signait.

Moi, la gorge nouée, le cœur en mille miettes, je souffrais de cette douleur qui ne m'appartenait pas.

Mais je n'éprouvais aucun plaisir, contrairement à cette femme qui semblait, malgré tout, en jouir. Un homme, assis sur un lit, assistait à cette scène de flagellation en se masturbant. Il encourageait Marie : «Frappe-la encore, encore Marie, elle le mérite!» De voir le corps si blanc, si diaphane de la captive ainsi battu, bafoué me soulevait le cœur. Et pourtant, j'étais en même temps surprise de ma propre tolérance. Dans mon rôle de voyeuse, j'étais totalement fascinée par cette vision de la douleur presque insoutenable et pourtant si chargée de désirs.

— Je te détacherai quand j'en aurai envie.

L'homme se leva et s'approcha de la femme au regard voilé par un foulard. Les seins de la femme étaient petits et durs, et leurs pointes étaient percées d'un anneau. L'homme s'en empara et les tira légèrement, dans un mouvement de va-et-vient. Marie-Lucie se tenait toujours derrière la femme soumise, tripotant ses fesses rougies. L'homme détacha finalement son esclave et la porta jusqu'au lit où il la jeta sans ménagement. Puis il mit son sexe dans sa bouche. Son membre était si gros, gonflé de désirs inassouvis sans doute, qu'il faillit décrocher la mâchoire de la femme.

Marie-Lucie s'était maintenant éclipsée. Je la cherchai et la trouvai au salon. Il faut dire que je me sentais drôlement excitée et stimulée par tous ces attouchements. Nadine, Sam et Josée se reposaient dans un fauteuil en bavardant. Josée me fit signe de la rejoindre.

— Et puis?

Je ne savais trop que répondre, tant j'étais troublée. À vrai dire, je préférais partir immédiatement sans causer de problème.

— Non, aucun problème, me répondit-elle ! Veux-tu prendre un taxi jusqu'à la maison ? Claude et moi ne rentrerons probablement pas ce soir car nous avons été invités à terminer la soirée ailleurs. Alors sens-toi libre de faire comme chez toi. Nous nous reverrons demain.

J'étais heureuse de me retrouver enfin seule. Ce moment de solitude m'était nécessaire pour pouvoir digérer tout ce que j'avais vu ce soir. J'étais excitée par tous ces corps, tous ces gestes que je n'arrivais pas encore à comprendre. Je savais cependant que j'y arriverais, tout naturellement.

Mon sexe était en chaleur, et j'en recueillis la moiteur avec mes doigts pour la porter à mes lèvres. J'aimais l'odeur de mon sexe, son goût âcre et sucré à la fois. Assise devant un miroir, m'imaginant jouer dans un de leurs scénarios, je me suis caressée. La prochaine fois, peut-être...

Depuis ma rupture avec Jean, il y a presque deux ans, je n'avais entretenu aucune relation régulière avec un homme, sauf avec Philippe que j'affectionnais énormément, mais plus à titre d'ami que d'amoureux. De toute façon, comment concilier mon travail avec l'amour ? Mon métier n'aurait certainement pas manqué de susciter de nombreuses controverses, et cela aussi bien avec mes amis qu'avec l'homme de ma vie. Je n'envisageais pas de modifier ma façon de vivre en échange d'un amour opprimant.

J'étais une femme au cœur de sable, au cœur multiple...

J'étais prête à dire oui à l'amour fou qui obsède, qui hante et qui dérange ; oui à la fidélité qui m'attache à jamais aux gens que j'aime ; oui à l'amour tendre que je nourris pour les gens qui entrent chez moi par la porte de derrière ; oui à l'amour qui m'entraîne dans toutes sortes de découvertes, qui multiplie mes désirs ; oui à l'amour qui me fera toujours partir, toujours revenir.

Mais il m'arrivait de me sentir seule et cette solitude, peut-être amplifiée par la particularité de mon travail, alimentait quelques moments de détresse. Détresse qui, auparavant, m'aurait poussée à ouvrir les bras au premier venu. Mais à présent, je me contentais de laisser filer ces instants qui, de toute façon, ne duraient jamais longtemps. J'avais compris qu'il valait mieux apprivoiser ma solitude à des fins plus positives plutôt que de me repaître dans des relations superficielles.

☐

J'ai rencontré Frédéric tout à fait par hasard dans un café que mon amie Anne et moi fréquentions. Frédéric, qu'Anne connaissait vaguement, s'est joint à nous et c'est ainsi que je fis sa connaissance.

Élégant fut le premier adjectif qui me vint en le voyant. Son grand corps mince dégageait une certaine grâce et son air intellectuel bon chic bon genre me plaisait bien. Frédéric travaillait comme coordinateur au sein d'une agence de coopération internationale. Il organisait des programmes coopératifs aux quatre coins du globe. Ces missions outre-mer l'avaient emballé au début de son mandat mais aujourd'hui, à quarante ans, il préférait s'en tenir strictement au travail de bureau. Son travail l'accaparait et, le reste du temps, il le consacrait à ses deux enfants qu'il adorait. Il en avait la garde partagée une semaine sur deux. Cela ne lui laissait guère de loisirs pour venir me voir chez moi. Frédéric habitait une ville voisine mais je ne m'y rendais que très rarement. Il faut dire que j'étais peu encline à la vie familiale ou à l'attente.

Malgré toutes ses qualités, je savais que je ne pourrais pas être amoureuse de lui. À une autre époque, j'aurais pu être séduite par cet homme, par son intelligence au-dessus de la moyenne. Mais à chacune de nos rencontres, il n'en finissait plus de se démener dans des préliminaires sans fin, qui ne semblaient jamais aboutir. Moi, j'avais soif d'étreintes amoureuses, d'ébats sexuels passionnés. Frédéric était malheureusement trop méthodique, il ne pouvait jamais se laisser aller, tout devait être sous contrôle, sans débordement aucun.

Deux mois après notre première rencontre, je tentai de changer le cours des choses et de le provoquer. Je lui écrivis une courte lettre :

Cher Frédéric,

Imagine une implosion dans le cratère d'un volcan. Imagine qu'un homme, par une inexplicable chimie, ait provoqué cette implosion sans même s'en rendre compte. Imagine que cet homme, c'est toi...

Comment autant de douceur, autant de respect ont-ils pu stimuler un tel désir effréné en moi ? Contradictoire. Paradoxal.

Sont-ce tes yeux peut-être, dans lesquels il m'a semblé entrevoir une flamme, parfois bien pâle, sauf lorsque tu me parles de tes expéditions passées ou de tes enfants pour lesquels, me dis-tu, tu donnerais ta vie ? Tant de passion en toi mais, hélas, conjuguée au passé. Une passion qui pourtant attise la mienne, bien présente, à un tout autre niveau. Mais cette avidité de toi ne semble pas réciproque. Mon feu s'éteint face à ta résignation. Je crois, en effet, que tu t'es résigné à l'idée qu'aucun effort ne valait plus la peine maintenant. Tu es désabusé parce que ton travail, qui se voulait humanitaire, a trop souvent été utilisé à des fins autres, moins altruistes.

Les quelques fois que nous avons fait l'amour, j'aurais souhaité t'inspirer des déchaînements insoupçonnés, mais au lieu de cela, tu t'es réfugié dans une tendresse trop timide ; tu t'es fait paternaliste alors que je cherchais à te provoquer.

Pourquoi ne me conquiers-tu pas, moi aussi, avec autant de rage que ces terres d'Afrique que tu as jadis parcourues ?

Imagine mon corps, mes cheveux couleur de miel balayant ta peau, mes lèvres entrouvertes prêtes à t'accueillir, mon regard dans lequel surgissent des éclairs incandescents. Imagine ma peau cuivrée sur laquelle tu pourrais donner libre cours à toutes tes fantaisies ;

mes seins gonflés, mon ventre tendu, mes hanches que tu pourrais faire danser, mes cuisses s'enroulant à ton cou, mes fesses rougissant au contact de ton pubis, mon sexe où s'agglutineraient toutes les perversions du monde. Pour toi...

Je te demanderais : « Possède-moi ! » et tu me posséderais. Tu me prendrais avec cette fougue que l'odeur fauve de ma chatte et mes gémissements auraient éveillée en toi. Et je grifferais ta chair pour te retenir en moi, mon vagin se contracterait, t'absorberait. Je m'abandonnerais parce que tu es plus fort que moi. Mon corps entier serait écartelé, tu me prendrais, forçant toutes mes résistances. Et je t'appartiendrais, à ce moment précis. Pour un moment...

Parce que tu es un homme.

Parce que je suis une femme.

Sophie

J'espérais, par cette lettre, éveiller le « guerrier » qui sommeillait en lui, l'arracher à sa torpeur, le défier. Mais, d'un autre côté, j'envisageais aussi la possibilité qu'il ne comprenne peut-être rien à mon message ou que, d'une certaine façon, il se sente blessé.

Pour toute réponse, Frédéric me téléphona quelques jours plus tard pour me dire qu'il serait vain de continuer à nous revoir, que nous ne recherchions pas les mêmes choses lui et moi.

— Écoute, je sais, tu n'as que vingt et un ans, je comprends que tu puisses désirer la passion, mais moi j'y ai trop souvent goûté. Aujourd'hui, avec les enfants, j'ai besoin d'un peu plus de stabilité, tu comprends ? Je ne veux plus être déchiré à cause d'une femme ou même à cause de mon travail, tu comprends ? J'ai quarante ans...

Tu as quarante ans et tu veux dormir ? Alors bonne nuit ! On ne veut plus de duels, plus de confrontations. On préfère se terrer dans son petit confort. On veut la paix ! Mais moi, je ne voulais pas la paix. Je voulais une vie de démesure, avec des bouleversements et des passions ! J'irais chercher ailleurs le septième ciel !

Me faire prendre par deux hommes en même temps, pourquoi pas ? J'avais fait part de cette idée à Philippe et il m'en reparlait de temps à autre, me promettant qu'un de ces jours... un ami à lui pénétrerait en douce dans mon appartement pendant qu'il serait en train de me baiser. Quand ? Avec qui ? Comment ? Mystère total !

Quand l'occasion se présenta enfin, la stupeur me noua la gorge ! Sentir des mains inconnues me toucher, frôler la peau fine et sensible de mes cuisses, jusqu'à mon sexe... Qui était cet homme qui osait ?

Philippe avait insisté : je devais me bander les yeux, et c'est ce que je fis. L'arrivée soudaine de l'inconnu ne m'avait pas surprise outre mesure. Mais c'était plutôt l'envie de le connaître qui produisait cette excitation nouvelle.

Alors que, plaquée sur le mur, je sentais son corps appuyé fermement contre le mien, Philippe me murmura à l'oreille : « Tu aimerais bien qu'on te voie, non ? Mon ami est là, il te regarde, il t'observe...» Il avait visé juste. Qui ne possède en lui ce désir d'exhibition, d'offrir son corps béant à la vue d'un parfait inconnu, comme j'imaginais le faire parfois lorsque je me caressais près de la fenêtre qui s'ouvrait sur le monde extérieur, celui que je souhaitais surprendre, étonner, voire provoquer ?

La pensée qu'une personne inconnue était présente dans cette pièce, me regardant me faire empaler comme une petite soubrette dévoyée, m'excitait terriblement. Mais les paroles de Philippe, bien que excitantes, n'étaient demeurées jusqu'à ce jour qu'à l'état de projet, un projet qui me semblait improbable. Jusqu'à ce que je perçoive ce souffle tiède sur mon visage — une haleine de muscade et de safran — ce toucher légèrement moite mais ferme sur ma cuisse. J'eus d'abord un sursaut. Mes sens en alerte tentaient de capter tous les indices de cette présence masculine... ou féminine ? Il faut dire que Philippe m'avait, depuis presque une heure, préparée à vivre pareille aventure.

La main maintenant se hasardait près de la fissure de mon ventre, que Philippe envahissait toujours. Son membre, complètement immobile, n'en produisait pas moins des secousses bénéfiques. Arrogant, il mouilla mon oreille, la remplissant de paroles troublantes :

— Je t'avais prévenue qu'aujourd'hui j'avais invité une personne à venir nous visiter... Homme ou femme, je te laisse deviner. Et je vais montrer à cette personne comme tu es désirable, lui montrer combien c'est bon de te prendre ainsi. Nous serons maintenant deux à te soumettre et tu ne pourras rien faire. J'espère que tu seras docile avec elle, sinon je serai obligé de te donner la fessée, et ce sera quelque peu humiliant, n'est-ce pas?

Philippe me retourna vivement. Serrant mes bras derrière mon dos, il me força à me pencher. Ma poitrine et mon ventre tendus vers l'arrière, l'étranger vint se placer en face de moi. Philippe, tout en appuyant sa main sur ma bouche, demanda à son visiteur de vérifier si j'étais suffisamment excitée. Alors les doigts de l'étranger fouillèrent ma chatte : celle-ci était mouillée, à la satisfaction générale.

J'entendis soudain la voix de l'inconnu. Celle d'un homme, de toute évidence. Une voix grave. On aurait dit deux conspirateurs sûrs d'eux, deux professionnels, deux complices. Je me sentais presque ridicule. Mon corps était à leur merci, sans aucune défense, telle une marionnette désarticulée, abandonnée entre les mains de deux hommes passés maîtres en la matière.

Je sentis une flèche ardente pénétrer mon bas-ventre, je perçus la douceur soyeuse de ses cheveux entre mes jambes, une langue agile découvrait, goûtait, buvait frénétiquement mon sexe. Derrière moi, Philippe, à genoux, sillonnait mes fesses, les mordait délicatement.

Mon corps devenait l'objet de prospections minutieuses. Aucune partie n'était oubliée, tout était scruté au peigne fin de leurs désirs intenses : chatte, cul, ventre, cuisses, même mon esprit ne pouvait y échapper! Chaque coup de langue, chaque caresse, chaque baiser venaient sanctifier, béatifier mon corps et mon cœur, les brisant puis les reconstruisant l'instant d'après.

L'inconnu se laissa tomber sur le dos, m'entraînant avec lui, guidant ma tête vers son sexe en émoi. Je l'ai pris dans ma bouche, tandis que Philippe dardait son vit en moi, libérant des bruits de mouille obscènes. D'un doigt, il força le tunnel mystérieux, obscur de mes fesses. Chaque coup de reins que Philippe m'assenait enfonçait un peu plus le sexe de l'autre dans ma bouche.

J'étais prise par toutes mes ouvertures; même celle de l'esprit était totalement assiégée par la présence de cet homme sans visage. Celui-ci recula soudainement et je compris, à son cri étouffé, qu'il jouissait. Quant à Philippe, il allait et venait en moi à une vitesse folle, faisant vibrer mes murailles intérieures. Lorsqu'il se retira, il était tout en sueur, agité par les spasmes de l'émotion.

Philippe se décida enfin à enlever le bandeau qui me voilait les yeux. L'inconnu n'était plus là! Envolé, disparu, cet étranger, cet autre, comme un fantasme déjà mort.

Bien que curieuse, je ne cherchai pas à savoir qui était cet homme. Cela n'avait aucune importance. Cet homme n'était, après tout, qu'un personnage fantaisiste. Comme pour mettre un terme à mes questions éventuelles, Philippe m'affirma que son ami ne désirait pas se révéler à moi. Et puis cet anonymat m'était bénéfique, il alimentait mes rêveries.

☐

Grâce à mon travail, mes désirs pouvaient s'exprimer dans toute leur latitude, avec la plus grande souplesse.

Les hommes que je recevais me demandaient parfois si je voulais me dévêtir, tous avaient très envie de me voir nue. Je faisais alors glisser les fines bretelles de ma robe et la laissais tomber par terre. «Tu es très jolie.» Complètement nue devant ces inconnus, j'étais pourtant à l'aise. Je n'éprouvais plus aucune gêne, aucune peur, aucun complexe, je me savais désirable et saine de corps et d'esprit. À vingt et un ans, je considérais déjà posséder ces avantages que bien des femmes n'acquièrent qu'avec l'âge et l'expérience.

Avec tous ces compliments sur ma beauté, la finesse de mon corps, la douceur de ma peau, je n'avais plus de doutes sur l'attrait que j'exerçais sur les hommes, du moins sur certains d'entre eux. Mais il m'arrivait aussi d'être triste. Ces remarques à propos de mon corps ne témoignaient-elles pas d'une forme d'indifférence pour l'autre partie de moi-même? L'intelligence, la diversité des senti-ments et des émotions qui m'habitaient, les qualités du cœur, les noms innombrables qui identifiaient chaque partie de mon âme, tout cela était-il à ce point futile que certains hommes ne daignaient même pas s'en préoccuper? Les soins délicats que je prodiguais lors des séances de massage n'étaient pas les gestes d'une vague serveuse automate mais rares étaient ceux qui savaient en apprécier toute la profondeur, l'émotion sans cesse renouvelée. La majorité de ces hommes auraient sans nul doute tourné les talons avant même d'entrer ou ne seraient pas revenus si j'avais affiché dix kilos de plus. Cela, je le savais, je l'acceptais. Utiliser ma beauté, mes charmes constituait pour moi un principe essentiel de mon travail mais cela ne devait pas s'arrêter là ; ces éloges répétés à propos de mon physique devaient également contribuer à mon plein épanouissement.

Cet homme devant lequel je venais de me dévêtir reposa sa tête sur l'oreiller et je poursuivis le massage. Comme il se retournait sur le dos, un bruit nous fit brusquement sursauter. Je regardai vers la porte : Frédéric était là, partagé entre la gêne et l'indignation. Que faisait-il là, alors que nous avions clairement rompu ? J'étais sans doute aussi surprise que lui et je n'arrivais pas à exprimer le moindre son. Mon client, tout aussi étonné, tentait désespérément de s'abriter sous le drap. Frédéric bafouilla quelque excuse et s'en alla rapidement. L'homme, dont je n'avais malheureusement pu terminer le massage, visiblement intimidé, se leva aussitôt, se rhabilla rapidement et quitta mon appartement, malgré mes explications et mes regrets.

Un profond malaise me gagna, comme si je venais de commettre un grave délit. Je me sentais coupable. Mais je réalisai rapidement que ce malaise provenait avant tout de l'interprétation ou des conclusions que tirerait Frédéric à la suite de cet impromptu. La réalité était pourtant fort simple. Pendant la soirée, je réussis malgré tout à parler à Frédéric, qui était retourné chez lui.

— Écoute, dit-il, je voudrais m'excuser d'être entré chez toi comme ça, je voulais tout simplement te faire une surprise et...

— Et c'est toi qui as été le plus surpris !

— Je ne pensais pas que tu faisais... j'étais tellement étonné ! C'est comme si je venais de découvrir une partie de toi que je ne soupçonnais même pas et, je t'avoue, je n'aurais jamais cru que...

— Tu n'aurais jamais cru quoi ?

— Que tu te...

Jusqu'à présent, je n'avais jamais consenti à des rapports sexuels avec mes clients en échange d'argent. J'eus beau expliquer à Frédéric que je ne faisais que masser les gens, oui avec sensualité, oui parfois sexuellement, oui parfois je me déshabillais, oui on pouvait dans certains cas toucher certaines parties de mon corps, j'eus beau faire ressortir toutes les nuances de ma pratique, faire valoir certains arguments humanitaires, lui affirmer énergiquement que je ne devais absolument pas être assimilée à une prostituée, il n'y avait rien à faire, pour Frédéric je n'étais qu'une femme semblable à toutes les autres qui vivaient dans la débauche et la corruption. Comme il ne servait à rien d'insister ou de me justifier, je raccrochai.

J'étais en colère, oui. J'étais triste, oui. J'étais déçue et amère, oui.

L'incompréhension de cet homme et son intolérance m'affectaient, d'autant plus que je savais que ses préjugés étaient partagés par bien d'autres hommes, et représentaient, qui plus est, le point de vue de la loi. Je ne pouvais crier sur les toits ma satisfaction lorsque je procurais à ceux qui venaient frapper à ma porte bien-être et plaisir ; au contraire, je devais m'en cacher, mentir, me taire. J'étais à quia, je ne pouvais parler à personne de mon travail, sauf à Josée, à Anne ou à Philippe. Je n'avais aucun modèle avec qui me comparer, aucune collègue à qui faire part de mes émotions et de mes déceptions.

Il n'est pas dans ma nature de provoquer, de choquer les gens, je suis plutôt discrète et réservée. Je n'ai aucune envie de défier pour défier. Mes satisfactions, je les trouve en moi car je sais très bien qu'aucune forme de valorisation ne me sera accordée par la société. Au contraire, je risque beaucoup, à commencer par la condamnation morale. « Tu fais des massages érotiques ? C'est pas sérieux ! C'est dégradant, il n'y a rien de plus avilissant, c'est vulgaire ! » C'est ce que la majorité des gens doivent penser de mon travail, et cela parfois me fait pleurer, parfois me fait sourire. Mais jamais je n'accepterai d'agir en fonction de ce que les autres pensent, pour plaire à tous et chacun.

Je ne suis la victime de personne. Aucune contrainte ne me force à faire ce que je fais. Je suis libre.

JE SUIS LIBRE !

CET OUVRAGE
COMPOSÉ EN GALLIARD CORPS 12 SUR 14
A ÉTÉ ACHEVÉ D'IMPRIMER
LE TRENTE AVRIL MIL NEUF CENT QUATRE-VINGT-DIX-NEUF
PAR LES TRAVAILLEURS ET TRAVAILLEUSES DES PRESSES
DE AGMV-MARQUIS
À CAP-SAINT-IGNACE
POUR LE COMPTE DE
LANCTÔT ÉDITEUR.

IMPRIMÉ AU QUÉBEC (CANADA)